講談社文庫

タマヤ

新装版

金井美恵子

講談社

目次

タマや

顔が大きくて丸い猫を入れた革製のリュックサックを背負って、二五〇ccのオートバイに乗ってアレクサンドルはやって来た。

びっくりした猫がパニック状態になって飛び出してしまわないように、顔だけ出してリュックの口の革ヒモを締めて運んできたのだが、リュックのような細長い形態の袋に猫を入れるとなると、猫は後肢で立たされる姿勢になって、四つ脚の動物にとってまるで楽じゃないスタイルだったから、床におろしてヒモをゆるめたとたん、白黒の大きなブチ猫は背中を低くして凄い勢いで飛び出し、書き物机と椅子の間に走り込んで、前肢をぴたっとそろえてすわると怯《おび》えた上目づかいで、じっとこちらを見つめていた。

びっくりして、なに？　この猫？　と言うと、アレクサンドルは猫の名前をきかれたと思ったらしく、タマですよ、タマちゃん、と答え、ねえ、タマ、タマ、タマ、とタマに話しかけた。

タマや、いい子、いい子、心配しなくてもダイ、ジャブ、このお兄さんが面倒みてくれるからね。安心、安心。よかったね。

それからまたぼくに向って、ちょっとドスの利いた声で、あんたはいい人だから、タマをひきとってくれるよね、妊娠してる飼い猫を捨てるような残酷な真似は出来ないよね？　と、凄んだ。

それとも、タマを孕《はら》ませたのはぼくじゃないって、言いはって拒絶する？

それはあてこすりに間違いのない言い方だったし、お腹の大きな猫をリュックに入れて連れ歩いてアレクサンドルは、恒子さんのお腹の子の父親探しをしているのだろうと思って、ぼくは、あのねえ、アレクサンドルくん、と言った。正直いって、ぼくには父親の資格はないと思うよ。

心配しなさんな、わかってるんだから。

わかってるって、何が？

あんたがアネキの子供の父親じゃないってこと、と彼はあっさり言い、ぼくは、ほっとする一方、やっぱり一種微妙で曖昧《あいまい》な気持になって、どうしてなんです？　と言った。あんたの子だと言われれば、ぼくはちゃんといつだって注意していたと抗弁してみたところで、何回か性交をしたのは事実だし——正確に言えば、最初の時はぼくの部屋で一回、次には彼女の部屋に泊った時、まさかピーコック・ストアの生理用品売場と洗剤売場の間に大きなカゴに入って既婚者たちの家族計画用の小ぎれいなチョコレートの箱とまぎらわしい徳用大箱を買ったりするわけではないけれど（あれにはぞっとするよ、キャベツやメリケン粉やおみそや魚や肉やゴキブリ・フマキラーと同じ家庭用品）ジャケットの内ポケットに入れてあるコンドームを、ちゃんと使用したのだが、でも、その朝、二度目に少し寝ぼけたまま抱いた時には、ちゃんと使ったのかどうか記憶が曖昧で、それも無理がないと思う、今さらこんなことを言っても意味はないけれど、セックスというのは避妊のためにするわけではなくて、セックスをするのに避妊が要請されるわけで、おまけに性的欲望というのは（まあ、欲望というのはいつでもそうだけど）衝動的で、シソーノーローを病んでる口のなかみたいにネバネバしているからね。避妊は常に完璧というわけにはいかないのだ、と、机の下からソロソロと背中を低くしたままはい出して来て、見知らぬ部屋の匂いをフンフンかぎ回っている神経質な様子の猫を見ながら思い、わかってるって、何が？　と、もう一度口に出すと、アレクサンドルは、誰だっていいんだけどねえ、ねえ、タマちゃん？　と言った。

父親が誰かってことに、おれは興味はないしね。あんた、ある？　そういうことに興味が？

うーん……とぼくは、口ごもり、彼は、こいつの、と猫をアゴでしゃくり、産んだ仔猫の父親のことまで気にする人間てのも、世の中にはいるね、毛並みの色や柄で、近くをうろつきまわってるオスの赤トラかキジ猫かなんてね、気にするのが、と言って笑った。毛並みの色で思い出したけどね、見てのとおり、アネキとおれは父親ってものが違うしね、二人とも自分のオヤジの顔ってものを知らないからね、サバサバしたもんなのね。それに父親を探究してるわけじゃなくて、それについちゃ、後で相談があるんだけど、とりあえず、あんたにタマの面倒をみてもらいたいんだな。妊娠したのがわかってさあ、こいつがいるとまずいって言うんで——ホラ、よく知らねえけど、こういった毛むくじゃらの生物には寄生虫がウジャウジャいて、ナントカジストマだかなんとかってのじゃないの？　ニンプのからだによくないって言うんだよな、奇型児が産れるってさ、おばさんが言うんだよ、そんなら、おばさん、タマを引きとってよ、タマも腹がでけえんだけど、ナントカって寄生虫は猫自体には影響ないのってきいたら、ないわよって言うんで、じゃあ、おばさんタマの面倒みてやってよってアネキも頼んだんだけど、あたし？　あたしは駄目、トラ年だから猫とは相性悪いもの、猫が育たないっていうのよ、トラ年は、だからさ、かあいそうじゃないタマに、だからね、駄目駄目、それより、カネミッちゃん（カネミツってのがおれの本名なんだよね）子供ん時から猫を飼いたがってたんだから、あんた飼ったげなさいよ、それがいいよ、そのかわり、ツネコちゃんの子供が産れたら、お店に出てる間あたしがみてやるからってんで、おれがタマを押しつけられちゃったんだけどね、どうした？タマちゃん、お腹すいたのかい？　ちょっと、あんた、夏之さん、このカンヅメを開けてくんない？　こいつ、腹に子供がいるからね、いやあ、まったくよく喰うんだよね、と、アレクサンドルは、いつの間にかすり寄って来て黒い長い尾をユラユラと立て、頭をしゃくりあげるように彼の脚にこすりつけながらニャアニャアうるさく鳴いている猫の頭をなでながら、ほら、そのカバンにカンヅメと猫用トイレが入ってるから、あんたエサをやってよ、早く仲良しになったほうがいいからね、と分別くさい真面目な顔で言った。早くしなよ、こいつ、腹が空いてるんだから。

しかたないので、ぼくはあわてて入口のドアの前に置いてある紺色の古びたピューマのスポーツ・バッグから、プラスチック製の猫用トイレとカンヅメとエサと水を入れるプラスチックの器を取り出し、カン切り、カン切り、と言いながら台所の引き出しと棚をひっかきまわし、そうだ、ビールでも飲むかい、とアレクサンドルに声をかけると、彼はああ、いいね、と言って勝手に冷蔵庫を開けてカンビールを取り出し、おやおや、スペア・リブがあるじゃないの、これ食べていいね、と言いながらオーブンにスペア・リブをつっ込み、カンビールのふたをプシュと開け、チュッチュッとそれが癖の舌で上あごをたたく耳障りな音をたて、エサを要求してニャアニャア鳴いていた、メスにしてはやけにデッカイ白黒のブチ猫は、ピッと耳を立ててヒゲをピクピクさせ、どこかにネズミがいるのでは？　という顔つきをし、アレクサンドルは、チュッチチュッ、タマちゃん、きみはネズミ取りの名人だから、きっと夏之さんのお役に立てるねえ、チュッチチュッ、と猫なで声で言い、なんだい、こりゃあ、と、答えも待たずにプレイヤーに置いてあったレコードに針をのせて、ヴォリュームをあげたので、カザルスの弾くチェロが大音響で鳴りひびき、タマは飛びあがり、ぼくはあわててヴォリュームをしぼった。

これじゃあ、まるでセロ弾きのゴーシュのセロのなかに入った消しゴム程の大きさのネズミの気持が良くわかる、と言うと、アレクサンドルは、なに？　それ、と例によって質問し、なんでもないよ、と面倒くさそうに答えても、ちゃんとした説明を聞くまで満足しないので、ぼくはしかたなく『セロ弾きのゴーシュ』の物語を細かく説明し、彼が、ふーん、面白そうだね、読んでみようかな、その本、持ってる？　持ってたら貸してよ、と言うので筑摩版の全集の一冊を本棚から取り出して見せると、なんだよ、そんな簡単なスジの話が、なんでこんなに分厚い本になるんだよ、冗談じゃないよ、とっても読んでるヒマがありません、と言った。ネ、タマちゃん。

それで、その猫だけど、きみが飼うことになったんだろ？

そう。タマね。そうなんですけどね。

じゃあ、なんで連れてきたの？

そこそこ。

ずいぶん、可愛がってるみたいじゃないのよ？

そう、そう。そうなんだけどね、こいつ、頭もいいしね、おれのこと愛しちゃってるんだよね？　ニャア？　ニャアか？

そんじゃあ、なんでなんだよ。

うん。夏之さん、飼ってやってよ、おれ、時々、タマの様子を見に来るからさあ。

カンヅメをガツガツたいらげたタマは、ひょいと飛びあがってアレクサンドルの膝のうえに横たわって顔を洗いはじめ、やけに落ちつきはらっていた。

　知ってるでしょ？　コレのところに、まあ、緊急避難することになってね——家賃滞納してたからね、夜逃げだよ——ところが、彼女、猫が駄目なのね、アレルギー、猫のぬけ毛でクシャミが出ちゃうし、ジンマシンも出ちゃう、マズイよ、これは。猫をどっかにやってあんたが残るか、猫もあんたも一緒に出て行くか、どっちかにしてってことになっちゃった。女に惚れてるわけじゃないんだけどね、なにしろ、今のところ、てんでフトコロが不如意だから、お腹の大きい猫とおれとで行くところがないのよね。アネキは猫が駄目だし、もともとアネキが原因で引き受けることになった猫だろ？　おばさんも、猫と一緒じゃ、カネミッちゃん、困るわよ、という具合だし、おふくろ？　あれっ？　話しませんでしたか？　あれは去年の暮れだったかなあ、借金残したまま、店のバーテンとトンズラしちゃったんだよねえ。知ってるでしょ？　あの、ちょっとズレたおしゃれをするチンケ左翼で色男ぶった奴。あんたとケンカしたことあるじゃん？　それでね、夏之さんとこに、タマと一緒にしばらくやっかいになろうかとも思ったんだけど、両方じゃ困るっていうんだったらね、タマだけでも面倒みてやってよ。ね、ツネコの子供のみがわりだと思って。そういうことしとくと、後生がいいっていうでしょ？　人助けだもん。猫助けでもあるしね。滅多な人にあずけられないんだよね、知ってる？　変質者がいるんだぜ。仔猫差しあげますっていう張り紙とか新聞の告知板を見てさ、いかにも猫好きらしくふるまって、大事にします、わぁー、カワイイですねえ、なんて言ってさ、夜になるとアパートの風呂場で、カッターナイフを使って猫の耳を切っちゃったりするんだぜ、本当だよ。

タマを抱きあげて鼻づらにキスをしてアレクサンドルが帰り、落ちつきなく部屋をウロウロ歩きまわりながら心細げな声で鳴いている不安な面持ちの猫が、逃げ出してしまわないように窓を閉めきって、あれこれ思い悩んでいるところに、電話があって、タマちゃんをよろしくね、悪いわねえ、と恒子さんは言うのだが、ぼくとしては、ええ、まあ、としか答えようがなくて、なんでこういう変な姉と弟とかかわりあいになってしまったのか、つくづく妙な気持だった。

やっぱり産むんでしょう、と思わず念を押す調子になって言うと、彼女は、そうよ、今度は産むことに決めたの、ま、いろいろあったけどね、なにしろ今回はね。それにね、なんとなくあんたの子供じゃあないって気もするし、御迷惑はかけません、と答えたのだけれど、窓の外に出ようとして前肢をのばしアルミ・サッシに爪を立ててキーキーいやな音を出したり、ヒステリックに怯《おび》えた声で鳴いているうえに、よくわからないけどここ一、二週間のうちには出産するという猫を押しつけられて、ぜんぜん迷惑なんかじゃない、とはぼくには思えないし、かなり複雑な気持だった。

カメラと機材を質に入れちゃったりすると、仕事があった時に困るかなあ、という気がしたのは最初のうちだけで、仕事はまるで、リンとも電話のベルが鳴らない状態だったから、カメラがなくて困るということはなかったが、それでは経済生活が困るので、いくらか本を売るつもりで、近所の古本屋に来てもらうことになっていた。

『定本宮澤賢治全集』をメインに、押入れのダンボールにいっぱいの文庫本のミステリをまとめて売れば、いくらか多少まとまった（とはいっても、二、三万というところだろう、文庫はすぐはけるけど、これはねえ、売れないで結局場所ふさぎになるんだよねえ、と古本屋のおやじは言うだろう。国文専攻の日本女子大と学習院の女の子が賢治を卒論に選んで買わないかなあ、甘いよ、そういう考え、小林さん、買わないね、だって、学生は本を読まないから店《うち》には来ない、などという会話があって、賢治全集は買いたたかれることになるだろう）金額になるし、タマのエサ代、アネキから、といって渡された五千円（本当は一万円だったのを、半分、アレクサンドルがくすねたのに違いないと思う）もあるから、しばらくは細々と暮せないこともないし、それに、押入れのダンボールに入った文庫本を古本屋に持って行ってもらうと、ダンボールがカラになるから、そこに古いバス・タオルを敷いてやれば、ちょうどいいお産用の場所になるだろう、と思ったので、ダンボール箱を押入れに用意してやればいいかな、タオルかなんか敷いて、と恒子さんに言うと、それでダ、イ、ジョ、ブ、タマはケイサンプだから、ちゃんと一匹で何もかも簡単にすませちゃう、ケイサンプにしては太ってるでしょう、人間のおばさんみたいね、と答え、ぼくは電話を切った後でも、ケイサンプという言葉がどうも飲みこめず、もの事の計算の出来るしっかり者の猫、という意味なのだろうか、それでも、それじゃあ、〈プ〉というのは何なのか、と考えてるうちに、そうか、経産婦かと思いあたったのだった。

アレクサンドルが午前中にやって来て早くおこされてしまい、古本屋が来るまで時間があったので、「シティロード」でしらべたら、池袋の文芸坐で、ジョン・ヒューストンのミュージカル『アニー』とロバート・アルドリッチの『カリフォルニア・ドールルズ』をやっていて、高田馬場東映パラスではダニエル・シュミットの『ラ・パロマ』と『ヘカテ』をやっていて、四本とも見てはいる映画だったけれど（『ラ・パロマ』は六回みたし、『ヘカテ』も三回、『アニー』は五回、『カリフォルニア・ドールズ』も二回、見てはいるのだけれど）、四本ともまた見てもいいな、と思ったのだが、文芸坐は入場料が七百円、高田馬場東映パラスは千二百円で、両方とも「シティロード」を持っていくと百円割引きになるけれど、まあ、この際はフトコロ具合の大事をとって、『アニー』と『カリフォルニア・ドールズ』にするか、と考えた。

『アニー』で、孤児のアニーと、気まぐれで彼女を引きとる実業家のアルバート・フィニーと彼の秘書のアン・ラインキングが三人でラジオ・シティ・ミュージック・ホールにグレタ・ガルボの『椿姫』を見に行きながら歌う、「レッツ・ゴー・トゥー・ザ・ムーヴィズ」は、LPレコードを買って覚えてしまったくらいで、以前、会社の同僚だったカメラマンは、部屋にやって来て、ぼくがレコードにあわせ、Fred and Ginger spinning madly songs and romance, life is a dance と歌っているのを見て、首をふりふり、こういうことをやってたんじゃあ、お前ね、仕事は来ないよ、戸口で待ってるだけじゃあ、小林君、女と同しだよ、まったく、なにが、ブ、ヽ、ヽ、ブレッド・アンド・ジンジャーだろうね、と言ったのだったが、ちょっとした仕事を世話してくれて、その仕事中に、アレクサンドルと知りあったというわけなのだった。

何年か前、けっこう競争率の高い出版社の写真部を、どうせ駄目だろうと思って、いちおう入社試験を受けてみたのだったが、どういうわけか採用されて、後で理由がわかったのだけれど、入社試験の面接をしていた重役というのが、とても感傷家だったせいだった。重役が感傷家だったせい、というわけでもないけれど、入社二年目に会社が倒産して、希望退職者を募ったので、養うべき妻子だの年寄った老父母や犬や猫だの住宅ローンといった類いの負担のないぼくは、まっさきに肩をたたかれ、写真部の仕事も面白くなかったので、ほんの少しの退職金をもらって会社をやめて、それからずっとブラブラしながら、フリーのカメラマンというのをやっている。

そうそう、なんで、倒産した良心的出版社に就職出来たかというと、入社してしばらくして、藤堂さんという重役からきいたのだが、いやね、あなたの履歴書を見て、ああ、これはもしかしたら、と思ったんですけどね、やっぱりそうでしたよ、もう、ずいぶん昔のことだけど、ぼくの兄貴がね、あなたのお母さんと結婚していたことがあるんですよ、それで、なつかしくて、成績は駄目だったけど、入れちゃった、妙なもんだけど、なにかの縁かなあ、と思ってね、兄貴はかれこれ十五年前に死んだけど、いやあ、もう、ぼくもね、お母さんのことを批難したりはしないよ、お母さんが出て行かれた時置いていったナントカ（名前は聞いたけど忘れた）も、祖父母に育てられて、今では京都の大学で精神科にいて（精神科に入院しているのではなく――入院していても不思議ではないけど――医者なのだ）云々、という初めてきく話で、へえー、と思っておふくろにその話をすると――藤堂って、知ってるだろ？　と、ぼくは話を切り出したのだが、トードー？　ドードーは絶滅した鳥だけど、などと答えて

(しらばっくれてるわけではなしに)、ピンと来る風もなく、ようやくぼくの説明をきいて、あっ！　やだ、すっかり忘れてたわよ、あたし、ゴメンゴメン、そうだった、そうだった、小林と一緒になる前に、藤堂さんて人と結婚してたんだっけ、かあさん、忘れっぽくて、と笑うのでぼくは苛々して舌打ちしながら、子供もいたっていうじゃないの、チェッ、いやんなっちゃうぜ、忘れっぽいですむことかよ、関係ないけど、いちおう、おれのアニキってことになるんだよ、と言い、おふくろは、そうそう、そりゃあ、あんたの兄さんよ、なんて名前だったかなあ、と言うので、そういう女だってことは知ってたけど、うんざりしないわけにはいかなかった。

小林というのはぼくのオヤジで、おふくろはまたぼくが小学校一年の時、今度は家出してその後、現在の不動産屋と再々婚したというわけなのだった。

同じ時に会社をやめた同僚のカメラマンは、けっこうヤリ手だったので方向転換して、陰毛が見えるといえば見えるような、シミといえばシミ、カゲといえばカゲとも見える、大股開き専門の写真業界でなかなかの成功をおさめ、今度はね、アダルト・ヴィデオを一本撮ることになったんだけど、アルバイトしない？　二日で撮っちゃうし、お前はよ、おれなんかより、映画いっぱい見てるしね、手伝ってよ、と言い、だって、いかにヴィデオがお手軽とはいえ、スチールとムーヴィーじゃ、照明からなにから、まるで違うしね、8ミリだって動かしたことないんだから、自信ないよ、と答えると、彼は、ヴィデオなんてえものは、お前も見たことあるだろうけど、照明なんていったって、そんな高級な技術はいらないんだよ、Zライトだっていいくらいなもんだけど、いちおう商品だからね、五百のライトを二、三個つかうだけ、言っとくけどね、ゴダールみたいに凝《こ》っちゃ駄目だよ、『パッション』撮ってるわけじゃあないんだからね。まさか、そんなこと考えやしませんよ、と、ぼくは答えた。

そうそう、わかってるんならいいよ、ことわっておくけど芸術じゃあないよ、貸しヴィデオ屋においとく、生《ナマ》撮りヴィデオだよ、と言うので、手伝うというかアルバイトをすることになって、現場の仕事だけでなく、ちょっとこれはいくらなんでもヒドイのではないかと思われる元全共闘で今はフリー・ライターをやってる奴がやる気満々で書いたという、高橋和巳と『ラストタンゴ・イン・パリ』と中上健次を混ぜあわせたような不思議なシナリオを手直しすることにもなったのだった。

ファック・シーンがありゃあシナリオはなんでもいいんだけど、これじゃあ意欲作すぎて人間関係がまるでわかんないよな、と、売れっ子のポルノ写真家はいい、二日で撮って、同時録音だってのに、こんな長い台詞喋れる役者がいるわけないから、ポルノっぽいとこだけ残して、残りは全部カットしてくれたらバイト料を別に出すと言い、それは、ただ赤いボール・ペンで線をひけばいいだけだったので、〈なめろ〉とか〈いれて〉という、ごく短い台詞だけ残す作業で、そんなのは一時間で出来たから、結局、二日と一時間のバイトで十五万円もらい（ポルノ写真家のポケット・マネーも入っていたのに違いない）、撮影中に混血児の主演男優アレクサンドル・豪と、なんとなく親しくなったというわけなのだった。

女みたいな喋り方をするアレクサンドルは、父親は自分の髪の色と眼の色から考えると（赤っぽいブルネットで眼は薄いグレー）白人ではあるらしいけれど、ホワイト・ニグロかもしれないし、ユダヤ人かもしれないし、国籍だってはっきりしない不特定の男で、おふくろだって自分の産んだ赤ン坊の父親が誰なのか、わかんないってんだから、まいっちゃうわよ、と言い、自分を俳優と言ってみたり、ファッション・モデルと言ってみたり、カメラマンと言ってみたり、いつも言うことが違う、古風に言えば不良少年、今どきの言葉で言うオチコボレというもので、この顔でこの髪でね、中学の時、英語が〈1〉だとね、風当りがキツいのよ、と言い、アネキがやってる新宿のバーへ行こうよ、と誘われて、そこで恒子さんに会うことになり、なんとなく、そういうことになって、別にお互いに恋愛などというものではなかったから、その後はそういうこともなく、時々はお店に行くという、ありきたりのバーのママとお客の関係でいたところ、つい一ヵ月前、店から帰りしなに今五ヵ月目なんだけど、産むことにしたの、と、そっと耳打ちされ、へえーっ、大変だねと答えて、家に戻ってから、もしかすると、と、はっとなったのだった。

　恒子さんも、ぼくのおふくろみたいに、忘れっぽい性《たち》だといいけれど、と虫のいいことを考えて眠れず、翌日の午前中、不良のくせに早起きのアレクサンドルがオートバイでやって来て、あんたという可能性もないわけじゃないけど、あれもおふくろと同じケースだね、おれのみるところ、と分別くさくうなずいた時には、逃げ口上じゃなく、そういえば、ぼくは中学生になってからオタフク風邪にかかってね、そん時、ほら、よく言うでしょう、種無しになったかもしれないなあ、と不意にというか都合よくというか、思い出したことを言うと、彼は、うん、それはありうることだね、なんていうかなあ、あんたは父親になるタイプじゃないよ、と答え、高田馬場でお土産に買って来たジャム・ドーナツをむしゃむしゃ食べて、この部屋は一階だし庭もあるし猫を飼うのにいいね、と一人でうなずいていた。

　紅梅荘っていうんだね、なるほど、梅の木もあるじゃないの。なかなかいい名前じやない。知ってる？　「紅梅にのせてほすなり洗猫」という一茶の俳句があるんだよ、中学の国語の教科書に載っててね、これだけは、どういうわけか、おぼえてるのね。この場合、紅梅にのせてほすのは、白と黒のブチの猫が、色彩的にもぴったりキマリだよね、ハハン？

そうね、と、ぼくは答えたもんだった。なかなか可愛い情景だね、紅絹《もみ》で縫ったヒモなんか首にまくと似合うタイプの和猫だね。

そうそう、まさしく、アタリ、だね、眼もギンナンの実みたいに、つやつやした緑色で、脚さきの裏はきれいなピンクだし、鼻づらもよく濡れたピンク色で、おっぽも長くてまっ黒な猫《やつ》ね、と、アレクサンドル。そういう猫って、タマって名前が似合うよね、と、ぼく。

そりゃあそうだよ、気障な名前をつける奴もいるけどね、トラ斑の猫にミック・ジャガーとかさ、白猫にマドンナとか、けっこういろんな奴がいるよ、ま、おれもアレクサンドルって名前は自分で付けたんだけどね、本名は、宇礼雄ってんだよ、おばあちゃん——深川の、おおかたマクラ芸者だったんだけどね——がね、おれが産れた時、青い眼だったんでびっくりしたんだけど、まあいいさ、羽左衛門か江川宇礼雄みたいにいい男になるかもしれないねってんで、付けたんだそうだけどね、とアレクサンドルは庭先でオートバイにまたがったままペチャクチャ喋り、じゃあ、またね、と手を振って帰っていったのだったけれど、それがまさかタマを連れてくるための布石だとは、神ならぬ身のしるよしもなし、という塩梅《あんばい》で、当のタマは外に出るのをあきらめて丸くなってスースー寝いきを吐きながら眠ってしまい、ぼくは古本屋が来るまでの時間を、映画を見に出かけるつもりだったけれど、知らない家にはじめて連れてこられた猫が、落ちつきをなくして、留守の間にそこいらへネバネバする匂いのおしっこをひっかけたりすると困ると考えなおして、出かけるのをとりやめにした。

メス猫でも、これくらいの大きさのケイサンプともなると後ろの片脚を犬みたいに持ちあげて、おしっこを平然とひっかける。今のところは、ぼくのクッションの上で丸くなって、フラ・アンジェリコのフレスコ画の受胎告知のマリアのように、キョトンとした顔つきでおとなしくしているけど。

それから何日かして、会社更生法が適用され、縮小再生産としかはた目には見えない企画でがんばってる会社の写真部員から電話があって、あんたは妙なところが器用で図版の複写撮影がうまかったけど、新しい企画で必要な写真の複写――かなり枚数があるんだよ——があるんだけど、それをやってくれないか、と言われて出かける途中、麴町の交差点の近くで、ばったりポルノ写真家と出あい、やっ、久しぶり、いつぞやはお世話になっちゃって、どう、時間があったら、お茶でも？　というので近くの喫茶店に寄ることになり、どうだい、最近は、ええ、相も変らずなんだけど、今日は複写の仕事があってね、フンフン、そう、お前はなにかい、自分の〈作品〉は撮らないの？　撮らなくもないんですけどね、カメラ質に入れたままだし、それじゃ困るだろう？　ええ、まあねえ、などという話をした後で、彼が以前から常連客だった恒子さんの話になって、知ってる？　彼女が子供を産むって話、と言うので、なんかそんなこと耳にしたようだけど、とボソボソ言って、もうほとんど氷ばかりのアイス・コーヒーをストローでチューチュー吸うと、彼は、惨めな奴だなあ、お前も、といった顔つきでぼくを眺め、お前、カツオのフレークのカンヅメなんか食べてるのかい？猫みたいなにおいがするじゃないか、と言い、ああ、これね、出がけに猫のカンヅメを開けてたら、ズボンの上にこぼしちゃったから、タオルでふいたんだけど、におうかな、と、ぼくが答えたのには、ふーん、とうなずいただけで、誰の子なのかなあ、と言った。

おれはアイツだと思うけどね。

アイツって、誰なんですか。

知らないの？　みんな知ってるよ、他の奴の名前も取り沙汰されてるけど、まず、あれだね。

へえーっ、とぼくは言い、彼は本当に知らないの？　と、あきれ顔をするので、アイツって言われても、と答えながら、今度はコップの底の氷をガリガリ噛んだ。喫茶店でコップの氷をガリガリ噛んだりするのは、なんていうか、いかにも、ウックツした若造っていう感じで、そういえば、例のポルノ・ヴィデオに、アレクサンドルが氷をガリガリ噛みくだくシーンと、カンビールをチューチュー音立ててすする（これは『ストレンジャー・ザン・パラダイス』からの盗用だけど）シーンを、ぼくは書き入れたのだったと思い出したのだが、彼はいやな顔をしてサン・グラス越しに、ぼくをジロジロ見て、神経質そうに陰毛めいたちぢれた口ヒゲをピクピクふるわせ、恒子さんのお腹の子の父親として、二、三の名前がうわさされてはいるけれど、本命はといえば衆目の一致するところ、青山のビル持ちの森田って奴ね、毎日、カウンターにすわってたもん、ダーク・ホースが、もうとっくに切れてるって話だけど店を出す金を出したっていう江古田のナントカっていうあんまり名前をきいたことのないいけ花の家元で、大穴が京都の精神科医だっていう――なんか本なんかも書いてるよ――藤堂っていうノッペリした奴だね、ほら、あの薄馬鹿の藤堂のオイッ子だっていうぜ、と、人は悪くはないのだけれど、馬鹿でお喋りのカメラマンが言い、ぼくは、本当に知らなかったので、へえーっ、知らなかったなあ、とほんとうにびっくりして答えると、と言うのは事情を知らない客たちのゴシップでね、と、嬉しそうにもったいぶった声で言うのだった。フムフム、と、ぼくは言った、村田さんは消息通だからなあ。

恒子さんのお店の客のことなど、ぼくは知らなかったし、彼女はクチビルが分厚く大きくて、そこを、わざと強調してパール入りの紫がかったピンクの口紅を塗っているものだから、誰でもそうだと思うのだけれど、その唾液に濡れたクチビルの間で舌がチラチラ動くのを見ていると、大陰唇と陰核を連想して多少ともゾクッ、と男根に響いて、ぼくの場合だと、彼女がウージェーヌ・アッジェの写真が好きだと言ったので、余計に逆上して、ぼくね、学生の時アルバイトしてお金をためて、ツァイト・フオト・サロンでアッジェのオリジナル・プリントを一枚買ったんだよね、と言い、うわぁーっ、凄いじゃない？　高かったんでしょ？　と彼女が言うので、今度見にこない？　と誘ったということだったのだが、それ以上の、いわば毎日店に通いつめる、という惚れかたにはならなかったのは、彼女との性交が、クチビルから連想するほどには官能的でなかったせいかもしれないし、ようするに、彼女がぼくのことをなんとも思っていなかった、ということなのだろう。
それに、ぼくは自分がケチだとは思っていないけど、恒子さんがアッジェのオリジナル・プリントを、欲しそうにためつすがめつしても、ツァイト・フォト・サロンの主人が一割引いて売ってくれた、火事の時には何はさておきまっさきに持ち出すはずの二十世紀初頭の失われた建物、かつてはパリに生きていた白いエプロンの女中が食料品店の奥にたたずんでいる〈そこに存在した現実の物体から、放射物が発せられ、それがいまここにいる私に触れにやって来る〉一枚の〈光線の宝庫〉を、プレゼントするほど気前がよくないことは確かなのだし、これはぼくの誤解かもしれないけれど、オリジナル・プリントをプレゼントしてもらえるのではないかと思っているように見えた彼女の態度には、ひどく困惑したのだった。

それほどでもないけどね、と、ポルノ写真家はうなずき、あんたはアレクサンドルと仲がよかったよね、あれはツネコのほんとの弟だと思うかい？　と、考え深そうに言った。そうでしょう、もちろん、父親は違うわけだけど、と、ぼくは答え、彼は、そんなの信じられないんだよね、なぜかと言えば、二週間前からツネコの店は休業していて、うわさによると、森田も、江古田の先生も、京都のお医者も、それぞれ病院の費用と当座の養育費をだいぶ取られたんだけど、彼女、住んでいたマンションは黙って引っこししちまうし、店の方も、もう別の借り手がついてるってんだな、アレクサンドルも、女のところに転がり込んだなんて言ってたけど、それがどこなのか誰も知らないしね、おれの推理では、あの二人は実質的には夫婦でさ、金を取ってトンズラってとこだと思うよ、お腹の子も、だから、アレクサンドルがおやじかもしれない。

へえーっ、そんなもんかなあ、と答えて彼と別れ、会社のスタジオで、古い映画雑誌やプログラムの複写をして、フィルム現像をすませ、伸しは明日というので、目白の駅前でバスを降り、駅前ビルの本屋で、いちおう、猫の飼い方の本を買い、地下で猫用の高品質ジャージィー牛乳と特売の猫用カンヅメと、自分用のロール・チキンと野菜を買って紅梅荘に戻ると、すごく下手クソな、金クギ流とミミズがのたくったというのを混ぜあわせた読みにくい文字のハガキが配達されていて、文面は、

「タマとタマの子供（今度はキジ柄がまざってるような気がするけど）を、ヨロシクたのみます。変質者の手にコネコをわたさないで（彼等は、ネコをカイボーしてインサンなヨロコビにひたるのです）、ちゃんとした飼い主をみつけてやってネ!!

ＡＬＥＸ」

というものだった。

押入れの、八百屋でもらったスイカの柄が大きく描いてあるダンボールのなかでは、まだ毛並みの柄もはっきりしない桃色がかったネズミじみた赤ン坊の猫が、ざっと数えたところ五匹産れていて、ダンボールをのぞきこまれて怒ったタマが、鼻にシワを寄せて歯をむき出してうなり、あわてて押入れの戸を閉めると、盗み見られた仔猫を見つからないように隠すべく、オロオロと動きまわっている気配がして、ぼくは動物に話しかけたりするタイプの人間じゃないのだが、しかたなく、タマや、タマや、お前の子供を取ったりしないよ、と声をかけた。タマもぼくも落ちつかない夜で、タマは出産後に産婦がそうなる場合がままあるというのを、新聞の日曜版の健康欄で読んだ、出産後のウツ症におちいったとでもいうふうに、物悲しく陰気なしわがれ声で、うったえるように鳴き、それは、どうも、あたしは死ぬんじゃないかしら、ネエ、ネエ、あたしって死ぬんじゃないかしら、ネエ、ネエ、と聞えるので、ぼくはこういう時、お前がしっかりしなくてどうする、という言い方が悪い影響をウツ状態の産婦にあたえるというのを読んでいたので、相手がケダモノとはいえ、タマはいい猫だから死なないよ、と言ってなぐさめ、そのあい間にチキン・ロールを食べてビールを飲みながら猫の飼い方の本を読み――そこにも、猫を誰にどうもらってもらうか、という項目に変質者のことが書いてあった――そうしている間には、どこでこの電話番号を調べたのか、森田、江崎、藤堂、とそれぞれ名のる男から、きみがあの混血児と共謀して彼女を隠しているのだろう、とにかく一度、彼女にあわせてくれないか、という意味の、狂気じみた電話を受けとり、そのたびに、アレクサンドルのハガキを読みあげ、ハガキの消し印が京橋であることを教えてやり、あんなに可愛がっていた猫を置いていったからには、彼女は東京にいないんでしょうねえ、外国へ行ったのかもしれない……と、男たちが気落ちした声でつぶやき、押入れのなかで、タマが、ネエネエ、あたし死ぬんじゃないかしら、と物悲しく鳴き、そういえば、藤堂と名のる男は、ぼくの父親ちがいのアニキのはずだな、と思い出し、明日になると、三人の男たちがこの部屋にやって来るかもしれない、面倒だねえ、タマ、と、ため息をついた。

賜《たま》物《もの》

まだ眼の開かない生れたてのケダモノの仔は、腐りかけてぶよぶよになったひょうたんのような形をしていて、とても、まあ、可愛いと言えるシロモノではないんだけど、タマは、見ててごらんなさいよ、日に日にこの、あんたの言う腐ったひょうたんて言うかネズミみたいに貧相に見える仔猫たちが、すっごく可愛くなるんだから、とでも言いたそうな勝ち誇った眼付きでぼくを見上げ、出産と授乳のために栄養補給が必要だろうと思って買って来たマグロのぶつ切りとアジのたたきをガツガツと貪《むさぼ》り喰い、大きなスイカの図柄の描いてあるダンボールに戻ると、今度は仔猫たちが乳首に群がってお乳を貪り飲むということを繰り返しているうちに、とにもかくにも仔猫らしい様子に育っていった。

「変質者の手にコネコをわたさないで（彼等は、ネコをカイボーしてインサンなヨロコビにひたるのです）、ちゃんとした飼い主をみつけてやってネ!!　ＡＬＥＸ」という、ひどく下手くそな文字で書かれたアレクサンドルのハガキをまつまでもなく、フリー・カメラマンといえば聞えはいいけれど失業中のぼくとしては、大喰いの親猫一匹と仔猫五匹を養って行く能力なんかなかったし、どこかでもらい手を見つけなければならないということは、タマを押しつけられて以来ずっと念頭にあったことだから、それはちゃんと手を打っておいてはあるのだ。

姿を消してしまったらしいツネコさんの愛人兼スポンサーだった男たちが、一体どういうわけでぼくが彼女の消息を知っていると考えたのか——どうも、このあたりにもアレクサンドルが一枚嚙んでいるような気がしてならないが——それはともかくとして、三人の男たちから電話があった時、ぼくは彼等にタマの仔猫を引きとってくださいよ、と、哀れっぽい声を出して言ってやった。今すぐに、とは言いませんよ、なにしろ、さっき生れたばかりで、中国の広州じゃあ珍味だって珍重される蜜漬けのハツカネズミのハラ仔みたいなんですからね。もちろん、離乳したら、ということだけど、あんたは彼女の子供の父親なんだから（認知するつもりがあるのかどうか知らないけど）、仔猫を引き取る責任があるでしょう、と、途中からは凄味を利かせたつもりだったけれど、それが効果があったのかどうかは疑わしいまでも、とにかく、江古田のいけ花の家元の江崎さんという人は、あたしは猫が好きだから引きとりましょう、ペルシャですか、シャム？　それともヒマラヤンですか？　と言い、ごくありふれた日本猫ですけど、と答えると、ああ、なるほど、そう、そういう猫がいいですね、とぼんやりした声で言い、一面識もないぼくが、ツネコさんの弁護士かスポークスマンとでも思っているように、事情を説明しはじめるのだった。

ところが、猫なんか引き取る義理はない、と青山のビル持ちの森田という奴はヒステリックな声で怒鳴った。こいつは、店で二、三度顔を見たことがある。黒いドスキンのダブルのスーツを着込んだチビの気取り屋で、土地の買収がすすんでいる青山の土地に小ぢんまりしたインテリジェント・ビルを建設する、という話をするのが好きらしく、ビルの設計は磯崎新か黒川紀章のどっちに頼もうかと迷っている、なんて喋る無知の物知らずの――お金はいっぱい持ってるわけだけど――ヘキエキとする人物で、こいつもぼくを代理人か何かと思ってるらしく、彼女に渡した金は、はっきり言えば手切れ金ということだし、その金を渡すのを条件に今後いっさい子供の認知のことでこちらに迷惑をかけない、という誓約書を渡してもらうことになっていた、もちろん、彼女が産むといってる子供は自分の子供ではないけれど、後で財産争いの種なんかにされたらいい迷惑だし、彼女も納得して誓約書を書くと言っていたんだが、それを渡さずに、金だけ取って姿を消してしまったというのだ。その高調子の声の様子から察すると、ツネコさんはかなりの額の金を森田から受け取ったらしく、ぼくとしては、それでタマのあずかり代が五千円（大部分をアレクサンドルがちゃっかり着服したにもせよ）というのは納得がいかないような気にもなったりしながら、そんなことはぼくの知ったことじゃないし、お宅は公認会計士でも公証人でも弁護士でも家庭裁判所の調停員でも、なんか、そういったモメゴト専門の人に相談してみたらどうですか、と答えると、森田は頭に来たらしく、きみはなんて物知らずなんだ、と言ったので、大きなお世話だね、と答えて電話を切った。

いけ花の先生の方は、まあ、ある事情で別れて以来、長いことあの人とは会っていなかったのだけれど、去年のこと、あの人とあたしの事情を知らない知人に、ちょっと面白い店があるからと連れて行かれたのがあそこの店で、それがまあキッカケになってヨリが戻ったというような訳で、面倒は見ると言ったのに、何の連絡もないままどこへ行ったのか、まるでわからない、当座の生活費と出産費用は渡しておいたけれど、よく考えてみると、あれは自分の子供ではないのではないか、お金のことをとやかく言うつもりはないけれど、誰の子供なのかをはっきりさせて、今後のことを考えたい、と言うのだった。

と、いったような話をきいて、この人は悪い人じゃないんだな、ということがわかったし、なにしろ一ヵ月程して仔猫が離乳したら、仔猫を一匹ひきとると言うので、ぼくはもう一押し、お弟子さんで猫を飼いたいって人はいませんかねえ、ぼくは親猫をあずかるだけで手一杯だし、もらい手を見つけているヒマもないんです、なにしろ、カメラマンの仕事って家を留守にしがちだし、と言った。

するとと、話し好きらしい家元は、モデルさんなんかで猫を飼いたいって方、いらっしゃるんじゃないですかねえ、と愛想の良い口調で言い、ぼくが、あいにく、ファッション関係じゃないんで、と答えると、ああ、じゃあ、社会派みたいな……、と古めかしいことを言うので、そういったもんでもないんです、会社にいた時は何でも撮ったけど……そうだ、盆栽の写真も撮ったことがありますけどね、などと答えてるうちに、それじゃあ、今度、あたしのところでデパートの展覧会があるんだけど、その写真を撮ってもらうのをお願いしたいですね、ということになって、ぼくはちゃっかり商売の話もまとめ、仔猫を押しつけることにも成功し、とりあえず、ほっとしたところへ森田からの電話があり、当然頭に来てムカムカしていると、今度は藤堂と名のる男から電話があったというわけだ。

いくらか緊張しなかったわけではなかったし、前の二つの電話にしても、かなりヘドモドしていたのは確かで、なぜと言えば、なにしろ、彼等にどうしてここへ電話をしてきたのか、ということを聞き忘れてしまっていたくらいだったわけで、藤堂と名のる男からの電話では、まず、そのことを質問することにしたのだけれど、その答えによると彼は、彼女が行方不明になってから、ツネコさんとの折々の会話のなかで聞いた個人名やら店の名前やらを思い出して一覧表を作り、片っ端から電話番号を調べて電話をかけまくっているうちに、以前彼女の店で紹介された彼女の弟のアレクサンドルとその恋人らしい女の子のことを思い出し、アレクサンドルの方は苗字も知らないのだから調べようがなかったが、女の子のほうはファッション・モデルなんだけどそれだけじゃ食べてかれないから銀座のミニ・クラブでバイトをしていて、こういうお店なんだけど今度来てね、と、ラヴェンダー色でまわりが細かい波形の刻み飾りの縁のついた名刺をくれたのを思い出し、その時自分が着ていたスーツがどれだったかまでは覚えていなかったけれど、とにかく洋服ダンスに吊るしてあるジャケットの内ポケット、もらった名刺をジャケットの内ポケットに入れて、クリーニング屋に出すまでそのままにしておく、という性癖なので——ぼくはあんまり几帳面な性《たち》ではないのです——多分そこにあるはずだと、思い出して調べてみたところ名刺はまさしく灰色《グレー》の合着のジャケットの内ポケットにあり、だから、彼等と会ったのは去年の六月だということがわかったのだが、そのラヴェンダー色の波形模様の切り込みのなかにカモメの図柄の描いてある名刺の、ラ・モーヴ La Mauve という店に、電話はどうせ夕方以後しか通じないのだから、それなら直接行ったほうが早いと思って新幹線に乗り、店を探しあて、葵さんはいませんか、とたずねると、まだ店がたてこむ時間にはなっていなかったので、ママとおぼしき女性――バーのマダムを、ママと呼ぶようになったのはいつ頃からでしょうね？　――が、葵ちゃんはやめちゃったの、見かけによらず頭のいい娘で、ラ・モーヴというのが、葵って意味とカモメっていう意味もあるフランス語だってこと知ってて、じゃあ、あたし、葵という名前にします、なんて言ったんだけどね、などとペラペラお喋りをはじめ、男がよくなかったね、たかってばかりの混血で、ところで先生――最初に名刺を渡したので、そう呼ばれたわけだけど――やっぱし、あの娘、少しいかれてて、病院を逃げ出したかなんかしたんですか？　と質問されたりして時間はかかったけど、ここに今もいるんじゃないかしら、と電話番号をようやく教えてもらい、そこへ電話をすると彼女はいたのだけれど、アレクサンドルのことをたずねると、あんな奴、知らない、住所なんかわかるもんですか、と電話を乱暴に切られ、また電話をしてすったもんだの挙句、いつだったかあいつが出演した本番ヴィデオの監督なら知ってるかもしれない、あたしにも出演しなかって名刺くれたことがあるからと、電話番号を教えてくれて、そこに電話したら、アレクサンドルと仲がいいというあなたのことを教えてくれたのだ、と、長々しく説明するので、後になって、こういう執拗《しつこ》そうな性格は、おふくろには全然似てないから、きっと育ちのせいなのだろうと思い、アレクサンドルが猫を置いたままどこにいったのかぼくも知らない、と答えると、案のじょう彼が立ちまわりそうな場所を知らないだろうか、と喰い下るので、アレクサンドルから連絡があったらあなたのことを、伝えます、と答え、すると彼は、伝えるのではなく会わせてくれるように取りはからってもらえないだろうか、彼は、アレクサンドルっていう人は、どうも、そう言ってはなんだけど、あなたの伝言を聞いても、こちらにちゃんと連絡をしてくれるような人には思えないものですから、と言い、それは確かにそうだったけれど、でも、アレクサンドルからぼくのところにいつ連絡があるかまるで見当もつかない、というのが実情なのだし、それにあなたは京都にお住いなんでしょう、と答えると、それはそうだけど、しばらくの間はこちらに滞在の予定ですから、と言って滞在先のホテルの電話番号を告げ、とにかく、どうしてもツネコさんと会わなくてはならないのだ、と言うのだった。

みんなが彼女の居場所を探そうとしている、と言いそこなって電話を切った後で、そういえばこいつはぼくの父親ちがいのアニキなんじゃないか、と思い出した。

明日になると、あいつらがこの部屋にやって来るかもしれない、面倒だねえ、タマ、とため息をつくと、ダンボールのなかから出て来て、四百八十五円もする高品質ジャージィー牛乳を、ペチャペチャというよりゴクゴクといったほうが似つかわしい飲み方で貪り飲んでいたタマは、しわがれた声でニウと鳴き、満足そうに仔猫たちのところへ戻っていった。

どっちにしても明日は会社に行って、複写をしたフィルムのプリントを焼かなければならなかったし、古い雑誌やブロマイドの複写の伸しは、一枚一枚微妙な調子を調節しないとハーフ・トーンの部分が黒くつぶれちゃうから、案外手間のかかる仕事で、それも午前中にすませなければならないから、早起きをしなければならず、失業してからこの方、朝早く起きるという習慣に縁がないので、早く眠らなきゃいけないと思うと、つい緊張して十二時には寝ないとな、と考え、押し入れのフスマをタマが出入り出来るように二十センチくらい開けておいて早目にベッドに入ってウイスキーの水割りを飲みながら本を読んでいると、おふくろから電話があって、再々婚の相手の不動産屋が、夕方トイレで倒れて救急車で病院に行ったところ、心筋梗塞らしい、すぐにどうってこともないってお医者は言ってるけど、心細いから、あんた、こっちに来てくれない？　そう、そうなのよ、さっきエバラ病院から帰ってきたの、しばらく入院することになるでしょ、なんだか心細いからさ、しばらくこっちに来ててくれないかなあ、かあさんは明日から、病院に行ってなきゃなんないし、あんたが家にいてくれると、なんだかんだと心強いからね、とオロオロした涙声を聞かされ、明日の午後そっちに行くけど、今日明日にでもどうってことじゃないって医者が言うんなら、そんなに心配することもないんじゃないの？　と、なだめておいてから、生命保険はどうなってるの？　ときくと、うん、四つかな、受け取り人があんたの名義になってるのもあるのよ、かあさんがそうするようにって言ったの、一つはあたしが受け取り人で、あとの二つは先妻さんの子供たちね、でも、アツシさんもキヨトさんも会社をもらうんだもの、保険の受け取り人の名義、書きかえてもらおうか？　あんたの名前に、全部で五千万にはなるはずなんだけど、と言うのだった。それと引きかえに、ぼくはあんたの面倒を見るということになるわけ？　だって、それだけあれば、ほら、あんたが言ってた貸スタジオが出来るじゃないの、そしたら、何もアクセク働くことないじゃないの、と、おふくろが言い、ぼくはそういう考えは甘いんじゃないの、と答えてから、ついさっき、あんたが藤堂さんのところへ置いてきたアニキから電話があったぜ、と言うと、ああ驚いた、今日はショッキングなことばっか、そいで、どうだった、あの……、と口ごもり、自分の産んだ子供の名前も忘れているのは知っていたから、冬彦だろう？　と答えると、そうそう、冬彦、兄さんが冬彦だからね、それであんたは夏之というわけなのよ、と嬉しそうに笑い、で、冬彦はどうしてるの？　あたしのこと何んて言ってた？　と涙声を出すので、一生許さないって言ってたよ、と答えると、そうだろうねえ、と芝居がかりに言って、とにかく明日の夜には家に来てちょうだい、そん時、くわしいことは話すわ、と、いつものように言いたいことだけ言ってそそくさと電話を切ってしまったので、ベッドから出て、もう一杯ウイスキーをグラスに注ぎ、ガツガツと食欲はあるくせに出産後のウツ症におちいったように陰気なしわがれ声でうったえるように鳴きつづけるタマの声を聞きながら、なんでこう面倒なことが一度におこるのだろう、と考えた。

ネエ、ネエ、あたしって死ぬんじゃないかしら、とタマは鳴きつづけ、ぼくは、タマはいい猫だから死なないよ、と答えてやる気力も失せて、もうっ！　ダンボールごとお前たちを捨てちゃうぞ、と怒鳴り、そうするとタマは、不思議におとなしくなったのだけれど、眠れぬまま、ようやくうとうとしかけたとたん、電話のベルで起こされ、枕もとの目覚し時計を見ると二時十五分だったので、これは不動産屋が死んだのかと受話器を取ると、タマちゃんのお産は無事だったかな？　と、アレクサンドルの、間のびのしたような甘ったるく陽気な声がしたので、ぼくは不機嫌な声で、ああ、産んだよ、五匹ね、と答え、アレクサンドルは、そう、よかった、よかった、あれっ？　夏之さん、風邪でもひいたの、元気ないじゃない？　それとも酔ってるのかな、あんた、お酒飲むとウツウツとしてくるタイプだからなあ、近いうちにタマと仔猫の様子を見に行くつもりだけどさあ、よろしくお願いするわね、と言った。

どうなってるんだよ、いったい？　いろんなところから、ツネコさんはどこにいるんだって電話があって、えらい迷惑だったんだよ、と怒鳴っても彼はまるで平然としたもので、アネキのことなんかおれが知ってるわけがない、あんたの言うことが本当だとしたら、おれだってアネキの居場所を探して、少し金をまわしてもらうよ、と答え、どうも、そう言ってる様子に嘘はないようにぼくには思えたので、仔猫のもらい先きは決りかけていること、あんたがタマを引きとりに来ないんなら、こっちの一存で次の発情期になる前にタマに不妊手術をさせるつもりだ、ということも言った。

えっ？　なんだって？

だからね、あんたのタマだか、ツネコさんのタマだかはともかく、当分ぼくが飼うことになった以上、不妊手術をすることにしたというんだよ。

そりゃあないよ、なんでそんな残忍で身勝手なことが出来るんだよ？　罪もない動物に。

そんなこと言うんだったらね、と、ぼくは言った。ちゃんと自分で最後まで面倒みてからにしてほしいね。

それには事情をちゃんと説明しただろう？　ショーガナイから、あんたに頼んだんじゃないか、バカヤロー、と、アレクサンドルは、子供っぽいというか頭のあまり良くなさそうな言い方でぼくを批難し、そんなら、今すぐに仔猫ごと引きとりに来いよ、というぼくの返事は無視し、ねえ、夏之さん、あんたは頭がいいから、朝日新聞の論壇時評とかいうのも読んでるよね？　と言い、ふいに関係のないことを言われて面喰っていると、その書き手がどういう人なのか知らないけど、きっとエライ人なんだろう、その人が書いてたよ、都会で動物を飼って平然と不妊手術をさせる飼い主は、あまりにも身勝手なんじゃないかってね、だってそうだろう、彼等は動物だよ、動物が生きのびる本能ってのは、子供を産むってことじゃないか、それを人間の都合で勝手に奪っちゃっていいものか、と、その先生は書いていたよ、そのとおりじゃないか、生れてくる生命に責任を持つべきだってね。仔猫をたとえ自分の手で殺したとしてもだね、その痛みを生物として引きうけて生きるのが本当だよ。

アレクサンドルの唐突としか見えない人道主義的というか生命主義的発言にぼくはすっかり腹をたて、おい、お前、今すぐに猫を引きとりに来い、窓の外にダンボールごと置いておくからな、と怒鳴って電話を切った。

まったくいやになっちゃう。今日はかれこれ電話で四時間は時間をつぶされたのではないだろうか。取りに来いと怒鳴ったものの、アレクサンドルはどこにいるのか知らないけれど、あのインチキ野郎が、たとえすぐ近くにいたとしてもタマとその仔猫を受けとりに来るなんてことはあり得ないだろうから、むろんタマと仔猫が寝ているダンボールを外に出したりはせず、とにかく眠らなければ、と思い枕もとの時計を見ると二時四十五分で、こうなると、なんだかんだと一時間は眠りこめずにベッドのなかで輾転反側することになるだろうし、九時から麴町にある会社の暗室で伸しをはじめるとすると、八時十五分にはここを出なければならないし、そうすると顔を洗ったり朝飯を喰ったり、猫用のカンヅメを開けたりするのに、ぎりぎり七時半には起きなければならず、これじゃあ三時間半かぎりぎりのところ四時間しか眠れないことになるじゃあないか、まったくもう、低血圧の人間にとってこれは圧倒的に睡眠不足だなあ、と苛々しているうちに、ドアの郵便受けに新聞の投げ込まれる音がして、カーテンの隙間からほの明かるい青っぽい朝の光が差し込み、別棟の大家の老婦人が雨戸を繰る音が聞え、バアさんが新聞配達の少年に、あんたんとこの新聞は先月で取るのをやめたのに、どうして毎朝いれるの？　家じゃあ、ちゃんと断ってあるんだから、集金に来たってお金は払わない、そっちが勝手にいれるだけなんですからね、と、バアさんに似あわず高く良く通る声で文句を言っているのが聞えてきた。新聞少年はさぞやキョトンとした顔をしたことだろう。大家の家に新聞を配達したりはしていないのだから。うちはいれてませんけど……。だって毎朝、入ってるじゃないの、ここに、ほら、ちゃんと、はり紙だってしておいたのに。だから、今月から入れてませんけどお、と言いあいが続き、もちろん口を出したりはしなかったけど、問題の新聞は、少し痴呆《ぼけ》てる大家のジイさんがぼくの部屋の郵便受けから毎朝黙って持っていってしまうのだった。新聞が盗られることがあるから、郵便受けに差し込むだけじゃなくて、完全に奥のほうまで入れてくれるように、とコンバースの赤いバッシュに左右でわざと色違いにブルーとグリーンのソックスをはき、黒いイクシーズのトレーナーの決め方がなかなか可愛い新聞配達少年に言うと、はあ、そうします、と答えはしたもののまるで実行しないものだから、大家のジイさんは毎朝ぼくの新聞を持って行き、それを茶の間で読んでいるとバアさんが、あら、新聞また入ってたんですか、困るわねえ、なんて言ってたのだろう。新聞はどうせ読まないのだし、バアさんに言いつけたら言いつけたで、まあまあ、存じませんで、本当に申し訳ございませんでしたわねえ、もうねえ、ボケちゃいましたもんでございますから、お恥しゅうございますの、などと、大昔の山の手言葉でアイサツされ、つれあいの郷里の熊本から送ってきた朝鮮飴とザボンの皮の砂糖漬を半紙に包んで、どうぞ召しあがってね、若い人のお口にあいますかどうか、田舎くさいお菓子でございますからね、という口上にはじまって、問わず語りの女の一生がはじまるのを知っていたから黙っていようという気持もあったけど、もう一つ、ぼくがジイさんに新聞を持っていかれても文句を言わない理由は、庭で顔をあわせて挨拶をすると、孫息子と間違えるらしく、やあ、お前来てたのか、バアさんには内緒、内緒、と言って夏でもはいている厚地ウールのズボンのポケットのなかから千円札を出して、ほら、持っていけよ、とぼくの手に握らせるからだった。最初はびっくりして、困りますよ、いいですよ、と言ったけれど、いいから、いいから、ウナギかお汁粉でもお食べと押しつけるので、その場では受け取り、後でバアさんに、どうもお孫さんと間違えてるんじゃないかな、と説明して返していたのだったが、ジイさんの手に握らせる千円札を、何回かそのまま着服していたという事情を考えると、まあ、そのままにしておこうという気になるのだが、それでも後になって本当のことがわかると面倒なことになるような気もするし、やれやれだな、とにかく、あと二時間は眠れるから少しでも眠ることにしようと思って毛布を引っぱって頭に被り、ほんの五分くらい眠ったと思ったら目覚しのベルの音で起されてしまい、さっきまでは、降っていなかったのに、窓の外では湿った静かな雨の降る音がしていて、腹を減らしたタマが強くうったえるような、要求がましい声でニャアニャア鳴きながら台所のドアやテーブルの脚に頭と顔をこすりつけ、尾をピンとたてて小刻みに左右にゆらしているので、ずっと前に、やっぱりこういうことがあったのを、ひょいと思い出した。

タマという名前でもなかったし、リリイは赤トラのオスで、ここにいる間中ずっと自分の毛と同じ色の下痢便をして、ざぶとんやベッドや本やフィルムの入っているダンボールを汚しつづけたのだったが、どうしてそういう下痢猫《こ》が居つくようになったかというと、リリイの下痢は神経性のものなのよ、この猫はね、あたしの影響でとってもナーヴァスになってるんだわ、と主張する飼い主が連れてきたからで、こいつ、どっかで腐りかけた残飯をがっついてくるからじゃないの、と言うと彼女は怒って、あんたってスゴク人の神経を逆なでする人ね、と言い、そうかなあ、と答えると、そうよ、と言い、リリイの下痢の始末をする気はまったくないらしいので、しかたなくティッシュ・ペーパーを使って始末したのだが、臭いは部屋のなかに染みついてしまい、なんだかよくは知らないのだけれど、知人の写真家の個展のオープニング・パーティーで、誰かに引きあわされた時は女流詩人といって紹介された、妙に女っぽいカールをいっぱい付けたヘアスタイルで、背中は大きく開いてソバカスのある平たい肩甲骨がむき出しになっているのに、前の方は少女趣味のフリルがたくさん付いていて、おまけにスカートの部分はぴったり腰に張りついたタイトで、ひかがみの上が二十センチもスリットになっているので、ちょっとかがんだりするとパンティの股の部分の縫目が丸見えになってしまうピンクのポリエステル・ジャージィーのドレスを着ていた彼女は、気がつくとぼくの部屋のベッドに裸で眠っていて、よくよく眺めると、淡い茶色のソバカスは肩甲骨だけでなく、平べったい乳房にも、化粧のはげた鼻と目の下にもあって、女っぽいドレスを脱いでしまうとひどくいかついというか男性的な感じさえするのだった。

彼女は眼を覚すとシーツを身体に巻きつけてトイレへ行き、トイレから出てシャワーを浴び、ぼくがいれた紅茶を飲みながら、雨の降っている庭の薄むらさきの花の咲いている木を指さして、あれ、何？　と訊くので、リラだよ、「四月は残酷な月で、死んだ土地から　リラの花を咲かせ、記憶と欲望を　混ぜこぜにし、鈍った根を　春雨で生き返らせる。」というリラだよ。と陰気な調子で答えると、それ何？　あなたの詩なの？　あなたも詩を書くの？　今の詩素敵ねえ、と言って、少し首を傾げ考え深そうに、ちょっと陳腐なところもあるけど、と批評した。そう、まあね、とても長い詩なんだよ。読ませてよ。うん、でもどこかにしまい忘れちゃったよ、「君、偽善者の読者よ、――私の同類、――私の兄弟よ。」という行もあったんだけどね。わりと悲愴感のある詩なのね。そうかもしれないね、と答えると彼女は無邪気に笑い、さあ、もう行かなくっちゃ、タクシーのつかまるところまで来てくれる？　と言うので目白通りまで送り、ぼくは部屋に戻って古本屋で買った吉田健一訳のエリオットの『荒地』を読みかえしながら、今にして考えてみると、いかにも時代錯誤で悪趣味だし馬鹿気ているのだけど、ロンドンで『荒地』のためのモノクロの写真を撮って写真集を作るという夢想にひたったというわけなのだ。エリオットは『荒地』を、「私よりも優れた詩人であるエズラ・パウンドに」捧げているけれど、ぼくの写真集『荒地』は、ロンドンの街の風景であるにもかかわらず、「禁欲《ストイシズム》こそが最も過剰で不吉な欲望であることを映像《イメージ》によって教えてくれたロベール・ブレッソンに」捧げよう、ああ、でもブレッソンに捧げるのならば、あの、カラーの乳剤が勝利の微笑みで肌色に輝いている『白夜』のためにも、『荒地』はカラーで撮るべきだろうか！　と夢想しているうちに興奮して、記憶しているかぎりでは昨夜それを使ったとは思えない物がにわかに硬くなったのだが、夜になるとあの女流詩人がリリイという猫を抱いて、水色の大きなスーツケースを持ってやってきたのだ。何日か――一週間か十日、猫と彼女はぼくの部屋にいて、その間に彼女は机の上の『荒地』を読んだとみえて、嘘つき、あんたが自分の書いた詩だって言ったのはエリオットの盗作じゃないの、とぼくを批難し、あれがエリオットだってことくらい当然知ってると思ってたよ、だって、詩人なんだろ？　と言うと頭に来たらしく、フン、と鼻を鳴らして横を向き、そこへちょうど、彼女の亭主というか恋人というか、とにかく一緒に暮しているらしい黒っぽくくすんだ小肥りの男が、どうやってここを見つけだしたものかやって来て、どういうつもりなんだ、と思いつめた眼付きの押し殺した声で言ったきり、じっと黙ったまま縁側に座り込み、彼女も黙ったまま何も答えず、どことなく自堕落な横座りの姿勢で顔をそむけ、ぼくとしても何も喋ることがなかったので黙って二人を眺めていたのだが、そのまま一時間そこらたった時、南長崎に住んでる写真学校の同級生だった男がふらりとあらわれ――そうそう、彼が女流詩人をぼくに紹介したのだ――持ちまえのカンで状況を察知し、女と女の亭主と夏之は三すくみでじっと黙り込んだまま一晩過したっていうから、無気味、無気味、と噂をたて、おかげでぼくは、ひとっころ三すくみの夏之と陰で言われたことがあり、結局、彼女と亭主はひとことも発しないまま二時間目に二人して帰って行き、リリイをそのままおいていって、ついにそれっきり何の音沙汰もなかった。

女流詩人はリリイの毛並の色を、ニンジン色だのマーマレード色だの、ウイスキー色だのと表現したけれど、ぼくに言わせれば、まさしく下痢便色、と言いたいね、まったくさ。

リリイは、全然馴れずに、ぼくが近づくといつも背中を丸めてさっと逃げるくせにどういうわけか、部屋に居ついてしまい、しかたないので、大昔に読んだ『山のトムさん』に出て来る山奥の獣医が、下痢の続いている猫に処方した炭の粉をエサに混ぜる、というやり方を思い出し、お茶の先生をやってる大家のバアさんに炭を一かけらわけてもらい――一つでいいんでございますか、何におつかいになるの？　ええ、ヤカンに入れて水道のカルキの臭いをとろうかと思って。まあ、そんなことよく御存知ねえ――それを細かくくだいてエサにたっぷりふりかけたので、リリイは鼻と口のまわりが黒く薄汚れ、下痢はなおったけれど、さかりの季節になってどこかへ出かけたまま戻ってこなかった。

アルバイトの複写の伸しは割合簡単に進み、ついでに頼まれた、映画評論家が大昔パリで撮ってきたというカビだらけのフィルムの伸しをやっていると、どきっとしてしまったのだが、伸し機の光線を浴びた印画紙に浮びあがったのは鏡にむかって髪の毛を結いあげるような形で持ちあげながら微笑んでいるアンナ・カリーナのスナップで、何枚も何枚もアンナ・カリーナのいろいろなポーズのスナップが、カビだらけのコダック・フィルムに映っているので、夢中になって伸しつづけ、酸っぱい匂いの定着液のバットのなかで、液体のゆらめく被膜を通してゆっくりと徐々に形をあらわし、もやもやとした雲のように微笑を浮びあがらせるアンナ・カリーナに恍惚となった。撮影したのはぼくではないのに、定着液のなかに浮びあがるヴィーナスを所有したような気持になり、自分のために念入りに焼き加減の調子をきれいに仕上げた四つ切りに引き伸したアンナの写真を撮影者には無断で持ちかえることにしたのだけれど、その時、ぼくはふと、自分がカメラマンではなく、優秀な暗室マンに向いているのかもしれないなあ、と、いくらか隠微な気持になったことも確かだったけれど。

とは言え、隠微な気持にひたっている間もなく、幸運が訪れたということになるのだろうか。暗室の仕事を終えて、元は同僚だった、どうしてこいつが、人員整理の時、まっ先に整理されなかったのか不思議でしかたない無能な編集者とバッタリ顔をあわせてしまったので、彼のおごりで昼飯を喰い、おごってもらった手前、もし、どうしても欲しいんだったら、一枚やってもいい、ともったいをつけてアンナ・カリーナの写真を見せると、知らないなあ、昔の女優なんだろう、とチクノー症の鼻をスンスンいわせただけだったので、キジ焼き定食の他に生ビールの大も注文して、会社更生法の適用された会社がいかに惨めかというグチを聞いてやって別れ、おふくろのところに電話をすると、ああ、夏之ちゃん、おとうさん、今朝、死んじゃった、と言った。すぐ来てよ、病院から今遺体が来たの、今夜、お通夜よ。

はっきり言って、すぐ考えたのは保険金のことで、実はもう、ずっと前からそのつかいみちは考えていたのだ、ニューヨークへ行くことを。ロンドンで『荒地』の写真を撮ることを考えていたのは、なにしろ十九か二十歳の頃のことで、その後、ぼくはアマンダ・アンダーソンという、あまり知られていないカメラマンが少女時代に撮ったコニーアイランドの写真に感動して、その頃とは当然すっかり変ってしまっているはずのコニーアイランドの写真を撮りたいと思っていたし、フィロメラ・プレスというボストンのあんまり名前も聞いたことのない本屋から出版された『アマンダ・アンダーソン・写真と生涯』の編者兼伝記の書き手のスワンソンという人にあって、本には載っていないけれどアマンダがノートに書き残している「熊とインディアンと女の子、ロバ……」という奇妙な組みあわせの、スワンソンによれば「いささかグロテスクな悪夢の断片」ともいうべき「不謹慎なユートピア」であるポルノ写真というのを見せてもらいたいし、なにより、アマンダのオリジナル・プリントを手に入れたいのだ。自分で引き伸してプリントを作りたいくらいなんだけど。

そういったことが、保険金のおかげで可能になるかもしれない、というのは、やっぱり幸運としか言いようがないのではないか、と、ぼくは思い、とりあえず通夜に出るつもりで紅梅荘に戻ると、生がき越しに、タマの出入りのために少しだけ窓を開いてカーテンを全部閉めておいたはずの部屋のカーテンが開いていて電気も点いているのが見え、そればかりか部屋のなかには、アレクサンドルともう一人、全然知らない男がテーブルをはさんで座っていて、テーブルの上には紅茶のカップとお皿にのせたケーキまで用意して、タマはといえばテーブルの上で皿のミルクを飲んでいるというありさまだった。

あきれて生がき越しに部屋のなかを見ていると、アレクサンドルがぼくに気づき、やあ、お帰んなさい、なにしてるの？　早くおいでよ、ずっと待ってたよ、それに、あんたのおふくろさんから電話があってさあ、変な人だね、息子の声と他人の声の区別がつかないのかなあ、もしもしって言ったら、いきなり、おとうさんが死んだの、と、こうだろう、ぼくは夏之さんじゃないんです、と言ったらね、お前は何ふざけてるのよ、こんな時に！　なんていきなり怒鳴るんだぜ。あんた、いつも電話でおふくろさんをからかうのかよ、と窓越しに大声で言うのだ。

部屋に入って、どういうつもりなんだよ、猫を引きとりに来たのか、きみは、と言うと、アレクサンドルはそれには答えず、この人、藤堂さんていうの、ねえ、ぼくがツネコ姉さんの居場所なんか知らないってこと、説明してやってよ、と、無精ひげの生えたアゴをしゃくり、ぼくがため息をつくと、お茶、飲む？　と訊くので、ああ、と答えると、藤堂さんは、昨日は失礼しました、と言いながら椅子から腰を浮かせジャケットの内ポケットから名刺を出してぼくに差し出し、憔悴しきった顔で、病院を一週間無断欠勤してますから、もう、クビかもしれませんけどね、と言い、はあ、と意味もなくうなずくと、アレクサンドルは、本当にどこへ行っちゃったんだろうねえ、あの女、と言った。

とにかく、夏之さんはお通夜にいくんでしょ。

そのつもりだけど、きみと、こちらはどうするんです。

そうねえ、ぼくはあんたが帰って来るの待ってるよ。別に予定もないし、ずっとヒマだからね。この人は、お帰りになるんじゃない？

ぼくはどっと疲れが出た、という感じで、本人は全然そんなことを知らないらしい父親違いのアニキを眺めつつ、なんだか訳のわからないうちに、アレクサンドルがここに居座ることを一人で決めているらしいことに気づき、彼は、大変だね、むこうに泊らないで帰ってくるんだったら、なんか夜食を用意しとくよ、と言い、どういうつもりなのか、ぼくときたら、いや、いいよ、むこうでスシかなんか出るだろうから、それを土産に持って来る、と答え、アレクサンドルも藤堂さんも、ああ、それはいい考えだ、とでも言った調子で同時にうなずくのだった。

アマンダ・アンダーソンの写真

ぼくたち、というのは、いつの間にか部屋に居ついてしまったタマとタマの生んだ仔猫と、アレクサンドルと、ぼくの父親違いのアニキ藤堂冬彦のことだが、何もすることがないまま、四月の長雨に降りこめられて、うっとうしい日々を過した。

あんたたち、どうするつもりなんだよ、と言うと、アレクサンドルは、悪いけどしばらくここに居候させてよ、八方ふさがりで、ほんと、どこにも行き場所がないんだよ、それにぼくがいたほうが、なにしろ、タマの世話が出来るし、夏之さんにだって好都合だろ？　あんたが仕事で出ている間の電話番だって出来るし、それにさあ、助手としてカメラの機材運びなんかだって手伝えるよ、と答えながら、そのように役立つ自分に比べて、この、すっかり呆けたようになっている恋する男は、何の役に立つ？　と言った思い入れの眼つきで冬彦を流し目に見やって、ぼくに目くばせをし、小さい声で、こいつを追い出そうよ、とささやいた。

彼等が部屋に居ついてしまってから二日目の朝、バター・トーストにハチ蜜を塗ったのをかじりながら、あんたねえ、と、アレクサンドルは恋する者に向って言った。あんたねえ、おれと一緒にいたって、ツネコ姉さんから何の連絡もありゃあしないよ、そういう女じゃないんだな、おふくろもアネキも。それに、あんたには悪いけどさあ、あいつが産もうとしてる子供の父親は、あんたかもしれないし、そうじゃなくて、誰か別の奴かもしれないんだぜ。と言うことはだね、ようするにアネキにも、ほんとは誰の子だかわかってないってことなんだよね。まあまあ、そう興奮しないで。だってそうだよねえ。夏之さん？　あんただって、もしや、と、怯えたクチだろ？

そんなことはどうでもいいから、と、ぼくは言い、ちょっと、お前、話しながらトースト振りまわしてハチ蜜を床にたらさないでくれよ、と注意し、押入れの産褥所兼育児室のダンボールから出て来て、ニャオニャオ鳴いて脚に顔をこすりつけている夕マにミルクと煮たトリのレバーを与え、アレクサンドルにツネコさんの居場所を知ってるんだったら、彼に教えてやりなよ、と何十回目か十何回目かの同じことを言った。

知らないものは知らないんだよ。知ってたら、ぼくだって、ナンボか教えてやりたいことかいな、とアレクサンドルは、何十回目か十何回目かの同じことを、妙な関西弁のアクセントで答え、ぼくは、いささか苛立ちもしたし困惑もしたのだが、妊娠中のタマを押しつけられた時と同じように、なんとなく、反対する理由も見つからないまま、二人の男を追い出せずにいたというわけなのだった。まだ眼の開かない生れたてのケダモノの仔猫は、腐りかけてぶよぶよになったひょうたんのような形をしていて、とても、まあ、可愛いと言えるシロモノではないんだけれど、タマは、見てごらんなさいよ、日に日にこの、あんたの言う腐ったひょうたんて言うかネズミみたいに貧相に見える仔猫たちが、すっごく可愛くなるんだから、とでも言いたそうな勝ち誇った眼付きでぼくを見上げて、産後の疲れのためか少ししわがれた声で、ビニャアム、と鳴いたのだったが、それはもちろん、生れたての、腐ったひょうたんというか、ひるこみたいに見える仔猫は、時がたてば可愛くなるに違いないにしても、どういうわけかぼくのところに居ついてしまった男は、大人の男の姿をした腐ったひょうたんというかひるこに似ていた。

それはいささかオーヴァーな言い方かもしれないけれど、恋をしている男というのは、それくらい気持の悪いものではないだろうか、と、ぼくは思い、勃起したまま衰弱している桃色の欲望ともいうべき、無精ひげの生えた、三日か四日風呂に入っていない垢じみて疲れた男を、うっとうしいような、哀れなような、うんざりする気持で眺め、どうして、こんな男が、まあ、いくら無能な、とはいえ精神科医なんて職業でいられたのだろうと、不思議でならなかった。

困ったことに、冬彦は、まだ自分がぼくと父親違いの兄弟だということを知らないということで、こういう状態では、それを彼に告げていいものやらどうやら、なんとも考えようがないし、言うまでもないことだが、ぼくは面倒なことだの複雑なことを考えるのが好きじゃなく、そういうことを考えると、すぐ眠くなってしまうのだったが、それはそれとして、こういったことは考えるより産むがやすし、とでも言うのだろうか、ぼんやり部屋に座ったまま、物思いにふけっている冬彦をおいて、アレクサンドルと二人でスーパー・マーケットに買物に出たついでに、銭湯に寄っていた間、おふくろから電話があり、例によっておふくろは受話器を取ったのがぼくであると疑いもせず、話をはじめたらしい。

かあさん、ショックだった。だって、父さん（おふくろは、ぼくの父親でもない再々婚の相手のことを、こう呼ぶのだ）が死んじゃったと思ったら、あんたが冬彦にあったって言うんだもの、ショックの連続。どうしてるのかなあ、あたしが藤堂のところ出て来てから、三十年以上だからなあ、あんたったら、冬彦があたしを一生許さないって言ってたって言うけど、そんなことないよ、そんなことないよね、だって、母親なんだもの、あの子だって、わかってくれるわよ、かあさん、そう思う、などと、相手の返事も待たずに一人で喋り、おふくろのお喋りを聞いているうちに、冬彦は、自ら劇的事実というやつに気がついた、という寸法だったらしい。

偶然とは言え、こんなことってあるものだろうか、と、風呂上りの後でソバ屋でビールを飲んで帰ってきた、ぼくの顔を見ると、冬彦は興奮した顔付きで言い、万事に口をはさんで聞きたがるクセのあるアレクサンドルは、帰りの道々、お前の錯覚だろうというぼくの意見に対してずっと主張していた、自分は本当に子供の頃、自由ケ丘の銭湯で、ペニスを二本もってる男を見たのだという話のつづきを中止して、どうしたんだよ、ツネコから電話でもあったの？　と言ったが、冬彦はそれを無視して、おふくろとの電話のいきさつを語り、アレクサンドルは、それを聞くと、いやはや、と、首を振った。

いやはや、そういうこととはねえ。

いやはや、あきれたね。でも、女ってそういうもんよね。おれだって、自分のおやじがベトナムでどんなひでえことをした奴なのか知らないし、おふくろだって、誰がおれのおやじかわかんないのかもしれないんだからね。ね、タマちゃん？　きみとおんなしだよ。それともきみはわかってるのかな？

いや、どうなのかな、と、冬彦。動物は、猫の場合はどうか知らないけど、交尾期の間に、不特定の猫と交尾をするものかなあ、そういうことをするのは人間だけと違うんじゃないやろか？

そうねえ、一回やれば、メスはそれでバッチリ妊娠するわけだから、後はもうオスを寄せつけないかもしれないねえ、と、アレクサンドルは感心したように言い、ふむふむ、きみはきみでなかなか操が固いね、と、タマの頭をなで、タマは、しわがれた声で、ブニュウ、と鳴き、いそいそとダンボール箱の育児室に戻っていった。

兄弟の対面といってもねえ、とアレクサンドルは、スーパー・マーケットのビニール袋の中味を冷蔵庫の中に移し入れながら、クスクス笑い、ぼくにそっと耳打ちして、あれだね、あんた方はマラ兄弟でもあるんだよな、どうでもいいことだけど、と言った。

そういうことがわかったからと言って、別に状況は変るわけでもなく、冬彦はアレクサンドルにくっついてさえいれば、彼の姉であるツネコから何らかの連絡があると信じているらしく、ここから出て行く気配も示さずに、かえって落着き払い、アレクサンドルはアレクサンドルで、アネキから連絡は、それはいつかあるかもしれないけど、そのいつかというのが、いつであるかは、今までの二十数年の肉親関係という経験上から言っても、まるで見当もつかないし、アネキが中学生だった頃から、家出して突然ふらりと戻って来るということは何度もあったけど、今度はいつ戻って来るのかなんて考えたこともないし、こうなったら言っちゃうけど、子供を産むなんてのは実は嘘で、あいつは日本中のいろんなところで、ずっと前から、妊娠したと言っては男から金を巻きあげてドロンを決めこむっていうサギまがいというか、サギそのものをやってたんだよね、あんたが夏之さんのアニキだから、正直に教えてやったんだけど、まあ、ツネコのことはあきらめて、すっぱり忘れたほうがいいよ、身の破滅だよ、京都に戻ってさあ、心入れかえて再出発しなよ、と、噛んでふくめるように冬彦に言ってきかせはするのだが、自分は、当分ここにヤッカイになる、という方針で、気持良さそうに庭に面した部屋に寝そべり、金がなくてどこにも遊びに行けない、と、かこちつつ鼻毛を指で抜きながら、長雨とくもり続きの天候のせいで、色のさえない桜の木を眺め、からっと晴れたら庭でお花見をしよう、花の色は移りにけりないないたずらにわが身憂きとてながめせしまに、だからね、と言い、冬彦は冬彦で、それもいいなあ、こうやって何もしないで、ぼんやり花をながめ暮して、今の苦しみからいつの間にか立ちなおって——何しろ、忘却とは忘れ去ることなり、で、どんな苦しみも時間がいやしてくれるからね——何喰わぬ顔で大学に戻って、論文を十個くらいガムシャラに書いて、そうこうしていると、どこかで偶然、ツネコさんに会うということもあるかもしれないなあ、きっと、そうなる。その時も彼女はぼくに微笑みかけて、何も弁解なんかしないだろうなあ。つい、昨日別れて、また、今日会ったという顔で、何度注意してもあなたのネクタイはいつも曲っている、なんて言ってにっこり笑うんだろうなあ、などと溜息まじりに言い、ツネコさんが可愛がっていた猫の子供だからと言うわけで、黒と白のブチでおっぽの長い、タマそっくりの仔猫を引きとる、という約束をし、ぼくは以前働いていた会社の同僚カメラマンの紹介で——お前は写真撮るより、文章書くのに向いてるかもしれねえなあ、と、元同僚で今はアダルト・ヴィデオで稼いでいる彼は言ったものだ——なんだか良くわからないのだけど、土地ころがしと金融業をやって金があまっているという男をスポンサーに見つけた、業界をいろいろ渡り歩いてきて顔の広い渡部という男のやっている、どうもどことなくウサン臭い感じのする写真雑誌の、「知られざる作家たち」という特集に、アマンダ・アンダーソンのことについて書くという約束をしていたので——ウチみたいなところでは、ま、これくらいしか払えなくて申訳ない、という原稿料が四百字一枚で千円、というのだが、アダルト・ヴィデオ作家に言わせれば、前もってちゃんと稿料を言ったりするのも良心的だし、安いとは言っても、払わない、というような真似は、こういう世界には珍しく渡部はしない男だ、と言うのだ——何年か前、香港の古本屋で見つけたフィロメラ・プレス（ボストン）の『アマンダ・アンダーソン・写真と生涯』（グロリア・スワンソン）を開き、庭に面した部屋は二人に占領されているので、狭い、ダイニング・キッチンのテーブルに、コクヨの原稿用紙を置いて、ウンウン頭をかかえていると、アレクサンドルがやってきて、夏之さん、ここでそういうことをされると、狭いしさあ、お湯を沸かすのでもなんでも、ガス・テーブルの前に立つと、あんたの背中におれのケツがさわって邪魔だしさあ、そろそろ晩飯の仕たくをするんだから、あっちに行ってよ、と言い、テーブルの上に開いてある『アマンダ・アンダーソン・写真と生涯』を手にとってパラパラ眺め、面白そうじゃん？　どういう人なの、このカメラマンは？　と質問するので、おれの原稿が雑誌にのったら読めば？　知りたかったら静かにして、原稿書かせてくれよ、頼むからさ、と答えると、ヤレヤレ、ここはあんたの部屋だぜ、なにもそう、わざとらしく卑屈なふりをしなくてもいいのに、と言い、教えてくれたっていいだろ？　ぼくが英語を全然読めないの知ってるはずだし、それによお、どういうものかぼくに説明しているうちに、どう書いたらいいか、考えがまとまるってこともあるじゃんか、と、ぼくに言わせれば、ツネコさんなんかより、ずっとなんていうか、こう甘ったるく誘惑的な調子の声で、そういうと誤解されるかもしれないけれど、まるで、身体の最も柔らかいところ——腋の下とか、下腹とか、そういう部分——をくすぐられているような気がして、それに話しているうちに、書くことがまとまるかもしれないというのは、しごく、もっともだったので、ああ、わかったよ、と答えると、父親違いのアニキは、どうもあんまり優秀な医者ではないらしく、二人とも、ああいう母親や、ま、言いたくはないけれどああいう姉といった女性を目のあたりに育っているのだから、同性愛であっても不思議ではない、そうだったのか、いや、わかったから気にしないで、という顔付きをし、まったく馬鹿な奴だと思わないわけにはいかないのだった。

まったく無名の素人写真家だったアマンダを発見したのは、アマンダの姪の娘のグロリア・スワンソンで、彼女はアマンダの死後、一九五五年の六月、大伯母から母へ、母から自分に遺産の一部として受けついだコッド岬の別荘――ちょっとまって、コッドってのはタラのことだよね、コッド・ローのカンヅメをタマは好きなんだぜ、今度、買ってやんなよ――の屋根裏のカシ材の衣装箱の古い衣装の下から、グロリアは古い何台かのカメラと、何枚かはヒビの入っているガラスの乾板数十枚と何種類かの大きさのフィルム数百本、それに変色した四つ切り判の写真数千枚を見つけて、最初は、アマンダの父親の写真だと思うんだけど、このロバート・アンダーソンという人物は貿易商人だったんだけど趣味で写真術に凝っていて、何枚かアメリカ写真史に必ず載っている有名な写真があるんだよね、だから、てっきりそうだと考えたわけだったけど、調べて行くうちに娘のアマンダが撮った写真だということが、だんだんわかって来て、腕のいいプリンターの協力者を見つけて、プリントを作ったわけだよ。その一部が、この写真集ってわけなんだけどね、と、ぼくは説明した。

スワンソンはもったいぶった女で、写真集のなかに、アマンダが大量に撮ったという「熊とインディアンと女の子、ロバ……、ありとあらゆる生き物が、日本の木製のはめ込み細工の箱のように、びっしりとデリケートな精密さで喰い込みあっている」

奇妙キテレツな、「いささかグロテスクで異教的な悪夢の断片」ともいうべき「不謹慎なユートピア」のようなポルノグラフィックな「幻想的で同時に吐き気を催させもする」写真を撮っていることに触れながら、本のなかにでは発表がはばかられる、と言って、そうした写真のなかのごくごく温和な類いのものを、一枚だけ載せている。

それは、ごくごく穏当な写真で、首を切られたニワトリを手に持っている裸の男と、両腕でロバの頭を抱えて、ロバの眼玉を突き出した舌の先きでなめている金髪の十二、三歳の裸娘の写真で、まあ、なんということもない、ただ、やたらとピントの良い写真で、ぼくに言わせれば、アマンダ・アンダーソンの写真は、異様なほど――気違いじみているくらいに――ピントがあいすぎているのが特徴といえるくらいで、なにしろ、そこが気持が悪い。

一八九〇年代半頃とグロリアが推定している、アマンダが十代の少女だった時分のコッド岬の別荘の写真について、グロリアはヘンリー・ジェームズの小説の世界を思い浮べるのだが、それは、かなりマト外れな意見だと思う。確かに、それはヘンリー・ジェームズの時代に建てられた、いかにもアメリカの上流階級好みの、白く塗られて海に向って開いた大きな窓と広いヴェランダのある二階建ての三角の屋根のある単純な形をした建物で、ヴェランダには白く塗った籐製のテーブルや椅子やソファが心地良さそうな配置でおかれてはいるのだが、なんと言ったらいいか、そこにはジェームズ風の人物の気配など一切ないのだ。アマンダが写真を撮った期間は七、八歳から十七、八歳の十年間と、五十代になってからのほぼ一、二年の間に限られていたらしいのだが、五十代になってからの作品は、前に説明した理由で本には載っていなくて、収められているのは、前半の十年間の間に撮影したものに限られているといってもいいわけだが、前半の写真の特徴の一つは、人物というものが画面のなかに、ほとんど映っていないというところでもある。

海に向って大きな窓のある白い家を、海の方から撮った写真は、他の同じ家を斜めの位置で撮ったものから判断するかぎり、海岸線と家の位置の距離からいっても、船の上で撮ったとしか思えないのだが、画面の中央に、子供の描く家の絵のように他愛のない構図で白い家の全景があって、ヴェランダに面した大きな二つの窓、二階の長方形の四つの窓、三角形の屋根の屋根裏部屋の小さな円形の窓は全て開けはなたれ、そこから部屋の内部が、まるで人形の家の窓をのぞくように、くっきりとした鮮明さで映し出されているのだ。

最初は、合成写真かと思ったくらいで——だとしたら、また、その技術も驚くべきものだが——部屋の内部は二階の寝室のベッドやそのわきのテーブルの上にある、キクかバラをいけてある花入れにさえ、そんなことがあるわけもないのにピントがあっているという気持の悪い写真で、一階の居間には、白いレースの頭飾りとエプロンに黒っぽいお仕着せを着た若いメイドが、新聞と手紙を手に持っている様子まで、はっきりと見える。

後年のポルノグラフィは見たことがないからわからないけれど、この白い家の写真だって、幻想的としか言いようがないのだよ、と、天眼鏡を渡してアレクサンドルに見せると、そこは、まあ、彼はぼくほどには感動しなくてあたりまえだとはいえ、根があきっぽい性格だから、途中からフンフンと生返事になって、面白そうだねえ、あんたはおれの出たポルノのシナリオも書いちゃったくらいだから、カメラマンやめて、評論家か作家になったらいいと思うよ、と言いながら冷蔵庫のドアを開けて、みなさん、プレーン・オムレツとコールド・チキンとサラダとパンでいいかな、と、ぼくと冬彦に声をかけた。

冬彦はオムレツを食べながら、アマンダ・アンダーソンの写真集をながめ、やって来た時に比べれば、いくぶん気持も落ちついたらしく、五流の精神科医そのもののすごく愚鈍な感想を述べたりした。人間がまるで映っていない写真というのは、それも、山や海や野原の風景写真ではなく、コッド岬の別荘やニューヨークの街やコニーアイランドの遊園地という、本来なら人間があふれているはずの場所を撮った写真に人間がいないということは、やっぱり少し病的というか、離人症的なんですね、写真の極度の鮮明さも、気になるところですよね、などと言ってぼくを苛立たせ、しかし、おもしろいなあこの写真、『エイリアン』の監督のリドリー・スコットの『ブレードランナー』っていう映画が、とても面白かったんやけど、と、ほら、言葉の感覚と耳の良くない関西の人間って、ヒョージュンゴで話しているつもりで、ひょいとナマリが出るんだけど（もっとイヤな奴は、わざと関西ナマリを丸出しにするんだけど）、まあ、そういったナマリで話しはじめるんだよね。

で、『ブレードランナー』は、自分のやってる研究のうえからも、非常に興味深い映画なのだけれど、あなたたちも御覧になった？　いいですよねえ、原作のフィリップ・K・ディックの小説よりずっと面白いんだけど、この、アマンダ・アンダーソンの写真も、とっても面白いねえ、この本は、今じゃあ、なかなか手に入らんだろうねえ（入らんとか、知らん、という言い方も、関西っぽいと思うね）、と物ほし気な調子で言うのだった。

ぼくは思わずヒステリックにカッとなり（滅多に、ないことなんだけれど）、おい、お前が奪われたと思ってる母親のかわりに、その写真集を持っていこったってそうはいかないよ、と、あんまり意味のないことを怒鳴り、冬彦は、えっ、そんなつもりは全然ないけど、きみが原稿を書きあげたら、貴重な本でしょうけど、拝借させていただけないかとお願いしようと思ってたんです、と答えた。

むかむかしたので、オムレツを食べ残したまま外に出ると、雨はいつの間にかやんでいて、庭をへだてた大家の家の玄関から、妙な黒い帽子に黒いヴェールをつけた女が出て来るところで、バアさんと大声で話しているのが眼に入り、思わず舌打ちをしたのだが、おふくろだった。

そんな訳でございましてねえ、夏之の滞納したお家賃は、すぐはらわせます、と、おふくろは死んだ亭主の保険金が入るので浮々とした声でいい、ぼくの姿を目ざとく見つけると、ちょっと、ちょっと、いるんでしょう？　あの子、と、長いこと、そういう者がいたということさえ忘れていた――こっちだって、冬彦のおやじの兄弟が、たまたま以前つとめていた会社の重役で、そいつから事情を聞いてはじめて知ったのだったが――息子の名前をいい、かあさん、保険金を半分冬彦にやろうと思うんだよ、悪いけど、そうしてやってよ、お前はあたしとずっと一緒だったんだし、ニューヨークへはまた行けるよ、と、言い、自分がもらうつもりの保険金の半分のなかから、ぼくのニューヨーク行きの費用は出せない、なにしろ老後のために取っておかなきゃあなんないものね、と付け加えた。

藤堂はお公家さん顔のいい男だったから、冬彦も、なかなかいい男だろうね、お前は小林に似ちゃったからなあ、と、ぼくの父親のことを言って顔をしかめ、どう？この喪服、プレタ・ポルテだけど、ジバンシイのを買っちゃった、若い時から体型が変ってないからね、どっこも直さずに既製服が着られちゃう、と自慢気に言った。

こういったことには子供の時から、すっかり慣れっこになっているから、さして驚きもせず、すっとんきょうな母親をしめ殺してやりたい、という気持にもならず、部屋にいるから、あんた自分で名乗ったら？　と、げっそりしながら答えると、そうかい、母子の三十年ぶりの対面だから、緊張するなあ、かあさん、と言ってハイヒールの音をたてて、飛び石を渡って行ってしまった。

しらけた気分で目白通りに出てから、金を一銭も持たずに来たことに気がついて、どうしようかと思ったけれど、部屋に戻るのはいかにも面倒なので、目白通りの古本屋のおやじに五千円借りて飲み屋に入って冷酒を飲んだ。

飲んでいるうちに、なんとなく何もかも面倒くさい気分になってきて、アマンダ・

アンダーソンの写真についても、冬彦が論文とやらに仕立てあげればいいんじゃないか、という気がして、三杯目のコップ酒を飲みほして、口腔と舌にチクチクつきささる沢ガニのカラあげを、齧っていると、何日か前、暗室で映画評論家が二十年前にパリで撮影したアンナ・カリーナのフィルムを引き伸していた時の、定着液のなかで、ゆらゆらと微妙な灰色の影を浮びあがらせるアンナの微笑を思い出し、灰色の水のなかに浮ぶもやもやとした影だったものが、しだいに形を持って来る瞬間の、自分で撮ったわけでもないフィルムであるにもかかわらず、溜息の出るような快楽を味わったことが、はっきりとよみがえり、ぼくは、ようするに、あのまだプリントされていないアマンダ・アンダーソンの何百枚もの写真を、そうやって、暗室の定着液のなかで見たい、と思っているだけなのだ、と、気がついた。別に、アマンダの写真について書くことなど、何もない。

肩をたたかれてふり向くと、どういったカンの持ち主なのか、ちゃっかりぼくのレインコートを着込んだアレクサンドルが立っていて、あんた、金を持たずに出てっちゃったから、と言ってにっこり笑い、グロリア・スワンソンという名前の女優がいたね、みにくいアヒルの子、だな、と言うので、なんでだよ、と、お義理に質問すると、白鳥の子の栄光《グロリア・スワンソン》だから、と答え、もしかすると、アレクサンドルは、ちょっと見ばの良い、英語が中学の時に「1」だった馬鹿なハイブリッドの不良ではなく、ひょっとすると頭の良い奴なのかなあ、とぼくは思い、アレクサンドルは、あんたのおふくろか冬彦か、どっちにせよ、金を巻きあげて、一緒にニューヨークへ行こうぜ。グロリア・スワンソンは、ババアになって、まだ生きてるよ、フィロメラ・プレスに手紙を書けばいいし、それでもわからなかったら、コッド岬の別荘を探せばいいんだよ、と言い、あいつに盗まれないように本を持ってきた、と鼻を鳴らした。あんたは甘いよな、夏之さん。

漂泊の魂

　彼等が住みついてしまったという事態のなかで――タマは除いてだが――まあ、あえてこちらの特典ともいうべき物をあげるとするならば、冬彦はそこそこ金を持っていたから、その金を出させてしばらく生活したことと、かなり几帳面で整理整頓好きだったし、アレクサンドルも擦れっからしの不良のくせに、掃除が好きで、どうやら、他人の部屋であるにもかかわらず、自分が、束の間であれ滞在することになった部屋が、ちらかっていたり汚れていたりするのがどうにも落着かないらしく、二人してせっせと掃除を始めてしまい、それまで綿ボコリと猫の脱毛とあれやこれやで豚小屋化していたぼくの部屋が、窓ガラスからトイレから台所の換気扇にいたるまで、ピカピカになったということだろうか。

　窓ガラスからトイレから台所の換気扇にいたるまで、と書けば一行ですむけれど、生活の垢は、何もこの三つだけに付着するわけではなく、掃除し整理整頓すべきもの

――すべきもの、と思わなければ、そのままにしておいても全然どうってこともないのも事実だが――は、その気になりさえすれば無数に輩出するらしく、赤いパイピングの付いたブルーのトランクス一枚で、日差しのあたるところでは蜜色に見える体毛を汗で光らせながら、アレクサンドルは亀の子ダワシで風呂場のタイルをみがき、御精が出ますね、と声をかけると、おいら、深川のマクラ芸者だったばあちゃんに厳しくしつけられたからね、今に、この子ァ、羽左衛門か江川宇礼雄みたいに、いいィ男になるよ、なんて、おだてといて、こきつかうチビのアサリばばあでね、もう死んじゃったけど、まだあっちの方は現役でパクパクやってたんだぜ、アサリなんてもんじゃあなかっただろうね、ガバガバだったんじゃない？　使いすぎて、ウチの女たちの血統だね、と、冬彦にわざと聞えるように言い、わざとらしく、どうだった、ツネコのオマンコはゆるゆるじゃなかったかい？　とぼくに質問したりするので、ぼくは、京都生れで京都育ちの冬彦（不快そうな顔をしてアレクサンドルをにらみつけている）に、深川の芸者のことは、普通、羽織芸者って言うんだけど、深川は昔アサリが獲れて有名なところで、アサリのむき身とネギの煮たのを御飯にのせた丼のことを深川丼と言って、深川って言ったら、アサリのことなんで、だから、アレクサンドルくんは、自分のおばあさんの深川芸者を、アサリばばあ、と呼んだわけなんだよ、と説明してやったりしているうちに、湯垢がこびりついていたせいでくすんだバラ色に見えていたタイルは、本来のなめらかさを取り戻し、ステンレスの流しは、アメリカ製の洗剤入り金属タワシ「ブリロ」のおかげで曇りを一掃し、トイレの床に綿ボコリとからみついてフワフワと漂っていた陰毛も一掃され、本と新聞で埋もれていた床があらわれ、食器類もなにもかも、すっかり面目を一新した。

やあ、お疲れさま、すっかりきれいになっちゃったねえ、お茶でも飲む？　それとも、ビール？　と、ぼくは、いちおうお愛想に声をかけるくらいのことはしたけれど、なにか落着かない気持で居心地悪くソワソワしていると、部屋のなかでバタバタされて落着かなかったらしくふらりと散歩に出かけて行ったタマがまたふらりと戻って来て、住宅用洗剤の匂いがプンプン漂っている畳や床の匂いを鼻をフンフンいわせて落着かな気に嗅ぎまわり、冬彦は、お茶の前に、悪いけど干しておいたフトンを取り込んでくれないかな、と、ぼくに命令した。アレクサンドルとフトンをはたいて取り込んでいると、大家のボケたジイさんがやって来て、大声でアレクサンドルに英語で挨拶し、いつものようにぼくを孫息子と間違え、外人とつきあうのは英会話の最も良い上達法だ、せいぜい練習するがいい、これであの外国のお友達——アメリカ人かい？　——にスキヤキでもテンプラでも、御馳走してあげなさい、と言って三千円ぼくの手に握らせ、縁側に立ってそれを見ていた冬彦は、なんだか妙な顔をして、ぼくらを眺めていた。

なんなんだい？　あのジイさん。いくらくれたんだよ？

三千円。大家のジイさんで、ボケてんだよね、ぼくを自分の孫と間違えてるんだよ、参っちゃうよ。

ケチなジジイだなあ、三千円で外人に、テンプラかスキヤキが御馳走できるかよ。

二十年くらい前の物価感覚なんだよ。

これじゃあ、足りません、て言ってきなよ。

バアさんに返して来るよ。

いいんじゃないの？　もらっとけば。

そういうわけにはいかないよ。

チェッ、律義じゃないの、稼ぎもしないくせに。

アレクサンドルは抱えていたフトンを部屋のなかに放り込み、ぼくは大家のバアさんに金を返し、バアさんは、すみませんねえ、あなたのこと高校生の孫と間違えてるんでございますよ、あっ、ちょっとお待ちになって、と奥へ引っ込み、これ、お友達と召上れ、到来物なんざあぁんすけど、宅じゃ、ちょっと食べきれませんので、とカステラの箱を差し出し、あの、なんでございますってねえ、こないだ、おかあさまから伺ったんざあぁんすけど、京都からお兄様がお見えんなってるんだそうですねえ、おかあさまも、御苦労なすったそうでございますけど、ほんと、よろしゅうございましたわねえ、と言った。

　こないだの夜、おふくろがジバンシイの黒いスーツに黒い帽子とヴェールという、すっかりその気になっているヒロイン気取りのスタイルでやって来た時、大家のバアさんに、ペラペラペラ、バアさんが思わずもらい泣きするような半生記を話していったのだ、と、わかって、舌打ちする思いで、曖昧な返事をし、このぶんでは、おふくろは、すっかり冬彦を丸め込み、冬彦は冬彦で、おふくろのザンゲ話を信じ込んでしまったのに違いない、と思ったので、あんた、こないだおふくろと会った時、おふくろの話したことを全部信じたのかよ？　と冬彦にきくと、全部ってわけじゃないけど、理解は出来た、あの人は、いわば、〈魅惑する女〉なんだな、自分の母親が〈宿命の女《ファム・ファタル》〉だというのは、うーん、まあ、ちょっと問題だけど……と答えたので、あんなもんのどこが〈宿命の女《ファム・ファタル》〉なもんか、ようするに尻軽ってことですよ、と言うと、また、うーん、となり、自分のおやじは妻に子供を置いて家出された後、二、三年廃人同然となって嵐山の別荘で暮していたんだけれど、その時、若狭の方から手伝いに来ていた若い娘がおやじの身のまわりの世話をしていたのだったが、田舎の肉体派というかなんというか豊満な娘を別荘に女中として送り込んだのは、考えてみれば、祖父母の計略だったのではないだろうか、と冬彦が言うと、アレクサンドルが横から口を出した。

あんたのおやじが風呂に入った時なんか、その豊満娘がズロースのゴムにスカートの裾なんかたくし込んで太股もあらわに、背中なんか流すんだろ、そいで、つい、ムラムラッとなって、逃げた女房を忘れるっていう筋書きだね。

そうそう。それで実際そうなってしまいましてねえ、それをずっと後悔していて、その女性と結婚はしたのだけれど、死ぬまで女中あつかいをやめず、鈴子という名前でしたが、おすずと呼んでいばりちらして、いや、醜悪でした、おやじは。死ぬ何年か前は、寝たきりでねえ、おすずさんが全部面倒を見たんだけれど。

などと言うので、ぼくは、そういう小説を読んだことがあるような気がして、あれは何だったのかなあ、家出した父親が京都で水商売あがりの女と同棲してるところへ、息子が何かの用事でたずねて行ってスキヤキを御馳走になって、その後、父親が死んだという知らせで、もう一度その家に行くと、父親の愛人に誘惑されかかるんだよなあ、お通夜で夜中におきていると、寒くありまへんか、とかなんとか言って、女が肩に袢纏《はんてん》をかけてくれながら両手で肩をなでるようにさわって、いやあ、お父さんにそっくり、かなんか言うんだよね、そこらへんが変にイヤらしくてエロでさあ、東京で暮していた時には、スキヤキを食べるたびに口うるさく言いたてて自分で関東風のやり方で作っていた父親が、同棲してる女に関西風のスキヤキを作らせているんだよね、あれは誰の小説だったかなあ、と関係のないことについ気をとられ、さらに、一体、どこでそんな小説を読んだのだろう、と貧弱な自分の本箱を眺め、ここにはそういった類いの小説はないなあ、とぼんやり本の背文字を読んでいると、『虚実』というタイトルが眼に入り、ああ、これはずっと以前、リリイという赤トラの下痢猫をつれて、ぼくの部屋に一週間か十日住みついていた女流詩人が、タイトルが気が利いてるからと、目白通りの古本屋で買ってきて、読みかけたのだけれど途中でやめてしまい、この人の小説すごく古風で、三島由紀夫のほうがあたしはずっと好き、と感想を述べたきりで置いていった小説集で、このなかにこの短篇が入っていたんだ、と思い出し、本箱から取り出して調べてみると、やっぱりそうだったのでホッとし、そう言えば、あの無教養な女流詩人が、その後で「現代詩手帖」だったか、「ユリイカ」

の現代詩の実験だったか、『虚実』というタイトルの詩を書いていたのを、本屋で立ち読みしたことがある、ということなどもついでに思い出し、なんとなく冬彦に、そいで、あんたはそのおすずさんと出来ちゃったのか、と言うと、種違いの兄貴はドキリとした顔になり、そんなことがあるわけないやろ、と答え、アレクサンドルは、アッハハハ、図星って顔したじゃねえか、と言った。まさか、そのおすずさんがツネコに似てたなんて言うんじゃないだろうね？　それじゃあ、あんまり陳腐じゃない。

二人がシャワーを使っている間に、ぼくが夕飯を作ることになった。作るという程のものではなく、トリ屋で買って来たモモ焼き三本をアルミ・ホイルで包んでオーブン・トースターで温め、カンヅメのホール・コーンと帆立貝の水気を切ったものと、キュウリの薄切りに塩少々ふってしんなりさせたものの水をしぼり、マヨネーズで和えたサラダを作り、帆立貝のカンヅメの汁を、キャンベルのクラム・チャウダー・ボストン・スタイルのカンヅメにミルクと一緒に入れ、バターでいためたマッシュルームの薄切りも加えて温める、レタスとタマネギのレリッシュ・サラダを作る、という、ほんの十五分で出来てしまうものなのだけれど、作ってしまうと、なんとなくグッタリ疲れて、あまり食欲もなかったし、二人がレタスをバリバリ齧る音が耳について苛々した。

まったく、あのマクドナルドやケンタッキー・フライド・チキンで売っている野菜サラダってシロモノはひどいよね、野菜をパリッとさせるために水に漬けておくからさあ、味も何もなくなっちゃってて、あれじゃあ、ウサギだって喰わないよ、ほんと、ウサギまたぎだよ、ねえ、タマちゃん、猫またぎって知ってるかい？　塩ジャケのことなんだよ、とアレクサンドルは喋りつづけ、こないだから、ずっと、確かに見た、と主張しつづけている二本の男根を持つ男の話をむし返すのにも、実際うんざりしたのだった。

どうしたのさ？　あんまり食欲がないみたい。そのロースト・チキン食べないんだったら、細かくほぐしてタマにやってよ。馬鹿、丸ごとじゃあ駄目なんだよ。細かくほぐすんだよ、細かく。考えてもみろよ、タマのからだの大きさからすりゃあ、あんたが豚のもも肉をポンと丸ごと投げ出されて、喰えって、言われたんとおんなしことだぜ。まったく、無神経ったら！

でも、猫というのは野生動物的なところがあるから、ニワトリとかハトとか捕えるし、うちの近所の野良猫なんか、狩人といってもいいくらいで、ぼくが子供の頃読んだ石井桃子の『山のトムさん』という、児童文学というのかな、少年小説というのでしょうか、とにかくトムというオス猫が出て来るのだけど、そのトムは山のなかでリスをとらまえて喰うてしまうんですな。シッポだけ残すんです。シッポは喰うてもまずいんでしょう。骨と毛皮ばっかりだからねえ。

何言ってんだよ、この人は。そういう山の猫や野良猫と一緒にしないでよ、タマを。こいつは都会のお嬢さん育ちなんだから、しかたねえじゃねえか、と、アレクサンドルはプンプン怒り、よう、夏之さん、あんたは食事も済んだらしいし、ヒマなんだから、トリ肉をほぐしてやんなよ、ともう一度ぼくに向って言い、それから、自由ケ丘のモン・ブランの裏にあったゼニ風呂だよ、と、またあの二つの男根を持った男の話を始めるのだった。

前にもそう言ってやったのだけれど、そりゃ、お前、睾丸と間違えたんだよ、とまた答えると、そんなことは絶対にないと言いはり、ぼくが苛立って、お前ねえ、何が言いたいわけ？　天は二物を与えずって言うじゃないか、と不機嫌な声を出すと、彼は、なんでそんなに苛々するのかわかんないなあ、ああ、そうかあ、ようするにウラヤマシイわけだね、おれはね、ただ、世の中にはずいぶん変った奴もいるもんだなあ、という話がしたかっただけなのよ、と答えた。

冬彦はあまり酒が強い方ではないらしく、ビールを少し飲んだだけなのに、もう真っ赤な顔をして、なんだか学生時分に戻ったみたいだなあ、と言いながら本箱に頭をもたせかけ、勢いあまって三段目の棚の手前に横にしてつみ重ねてあった本に頭をぶつけ、その拍子に本をバサバサと落したり、まるでだらしがないのだが、酔っぱらっているように見えて、けっこう巧妙にアレクサンドルから話を聞き出そうとしているのが、はたから見ているとよくわかり、ぼくに言わせれば、ツネコなんていう女のどこがそんなにいいんだかまるで理解できないのだが、俗に言う、タデ喰う虫も好きずき、というやつで、別に理解することもないし、ましてや、とても共感など出来はしないが、タデ酢をアジの塩焼きにかけて食べるのは、あの、青臭い独特のニガ味が好きで、おふくろが家を出て行ってしまい——後でわかったことなんだけど、小林のおやじが会社の女子事務員と出来ちゃったんだよ、その頃はOLとは言わずBGと言ったんだけれど、兄貴がヤクザで人を殺して刑務所にいるという薄幸の娘だったわけだよ、そのBG。そういう、つつましい薄倖の女にひきつけられたわけだね、おやじは——困惑した小林のおやじは幼い息子の手を引いて、女房の行きそうな心あたりの場所を訪ねまわり、あれはどこだったんだろう、おふくろの女学校の同級生の家だったのか、広い庭のある家で、池のコイにパンをやって遊び、帰る時に、どういうわけか庭で採れたタデをもらい、その日は魚屋でアジを買い、おやじが七輪に火をおこして庭でアジを焼いてタデをすり鉢ですってタデ酢をかけて夕飯を食べたのだった。夏休みで、ひどく暑い日だったけど、おふくろが家を出ちゃったから、冷蔵庫には麦茶も入っていないし、氷を浮べた水を飲んでいると、お前も一杯やるか、とおやじが言うのでビールをコップに一杯飲み、ああ、おいしいねえ、と言うと、もっと飲むか、と言うので冷たくて苦くておいしいなあと思って飲んでいるうちに酔っ払って眠ってしまい、翌日は宿酔いで頭はガンガンするし下痢はするし、説明する言葉もないなんともいやな気分で横になっていると、家の様子を見にやって来たおばあちゃんが、小さい子供にお酒を飲ませて宿酔いにさせるような見下げ果てた男のところに孫をおいておくわけにはいかない、といき巻き、台所から重曹を持ってきてぼくに飲ませ、そのまま、おばあちゃんの家に連れて行かれることになり、どういうわけなのか、そのまま、おばあちゃんの家に住むことになって、そこに一ヵ月か一年か、それとも二年か三年いて、その後で不動産屋と再婚したおふくろのところへ引き取られたんだけれど、そこには年の離れた息子が二人と、生れたての、あんたの妹、というのもいて、まったくこの分では、他にも秋彦だの春樹だのという、兄弟がどこかにいるのかもしれないという気がするほどなのだが、いずれにしても、タデ酢というものをあの時以来、食べていないのではないだろうか。小林のおやじは、それなりに悩んでいたのかもしれないが、その割には、ぼくには上機嫌に見えた、というか、まあ、早い話、大して記憶に残っているわけではない、ということだ。そういうものが、いたことはいたんだけど、まあ、夢のなかの出来事のようなものなのだ。都多代――おふくろの名前――はゴオーのトラじゃないけど、トラだから、とおやじは言い、それから、蛇の肉っていうのは存外淡白な味で、アジに似てるっていうね、などということを話し、とうさんとかあさんが別れるとしたら、お前はどっちに来る？　と質問したのだったが、そう言った場合、子供としては実に返答に困るし、こういう事を子供に質問する奴は頭が悪いとしか言いようがないねといったようなことを、とりとめもなく考えていると、なんとなく何もかも面倒になって、何もやりたくないという脱力感が足の指のさきからはい上って来るような感じで、寝そべったまま本箱に手を伸して緑色の印画紙袋を取り出し、四つ切りに伸したアンナ・カリーナの写真を眺めていると、やっぱり寝そべってぼんやりしていた冬彦が、写真を見てもいいか、と言うので、ああ、と答えて渡してやると、あれっ？　これは、あれ、あれじゃないか、あの、アンナ・カリーナでしょう、と、言うので、ふん、こいつは『ブレードランナー』以外の映画も見るのか、と思って、そうだよ、と答えると、いい写真だなあ、凄くいいよね、などと、こないだ『アマンダ・アンダーソン・写真と生涯』を見た時もそうだったのだが、写真がわかるという態度で感想を述べたばかりか、撮影者が被写体に対して讃美し魅惑されている視線をカメラという匿名の小さな機械を通して投げかけ、被写体はその匿名であると同時に固有の肉体を持っている撮影者から投げかけられた魅惑された視線を、フィルムに向って送り返すのである。それ故に被写体アンナ・カリーナは背後の鏡の反射までを浴びて光り輝く、などと批評までしてしまう始末で、怖れ入っちゃうのだが、冬彦は自分の患者だった神経症の少女からきいた話というのをはじめた。

アンナ・カリーナがゴダールを捨てて家というかアパルトマンというべきかもしれないが、とにかく出て行ってしまった時、ゴダールは涙を流しながら探しまわった、という話と、アンナ・カリーナが後で、彼は眠っている時でも片眼を開いていると語ったという話なのだが、いなくなってしまった恋人を探す時、人は涙を流しながらかけずり回る以外にないのではないか、その時、見慣れたパリの都はよそよそしく外見を変え、路地という路地、光の花園のような大通りという大通り、建物という建物、セーヌ川、そして橋という橋が、まるで初めて見る風景、固く冷たい沈黙に閉された巨大な異物のように見えはしないか、街の騒音が、苦悩のせいで全身が腫れぼったくなり感覚が鈍磨しているのにヒリヒリしている皮膚全体に、ガラスや金属の破片か棘のように突き刺り、それはまさしく恋の死の棘ではないだろうか、魂の喪、まさしく、とりかえしようもなく、自分は何かを失いかけているのだという、咽喉をつまらせる、固い、飲みこみようのない悲しみの塊、ポンヌフやミラボー橋を渡り、街を彷徨《さまよ》うのだが、その間も彼の心を占領しているのはアンナのおもかげと、憎しみと絶望に変りつつある恋の喪の予感だったろう、と、冬彦が語り、何か答えなければいけないと思ったので、でも、アンナ・カリーナは『悪魔のような恋人』っていうナボコフの『マルゴ』が原作の、トニー・リチャードソンが監督をした映画じゃあ、ブクブク太って、まるで良くなかった、だいたいだよ、マルゴは映画館の案内係りで、だからルイーズ・ブルックスの真似をして首筋をそり上げてるのに、長い髪で出て来てさあ、トニー・リチャードソンて奴はまったく才能がないね、イヴリン・ウォーの『ラブド・ワン』なんかも図々しく撮りやがって、あれなんかブニュエルが撮りたいと思ってた小説の一つだし、『マルゴ』だって、ジョセフ・ロージーが撮るべきだよ、とあまり通じそうもないことを喋ると、冬彦は感心したような顔でうなずいて、ふーん、同じようなことを考えるんだなあ、と言うので、まったく別々に育ったとはいえ血のつながった兄弟は、と言葉が続くのかと思ってぞっとすると、ふーん、ぼくの患者だった女の子も同しことを言ってたなあ、まるで同しことだった、ああ、そうか、同し映画評論を読んでいたってことか、と一人で納得し、ぼくはムッとしたが黙っていて、その冬彦の患者だったという神経症の女の子に会ってみたいな、と思った。同しことを考えている人間なんて、そんなにいないのではないかという気がしたからなのだけれど、そうでもないのかもしれない、別に大したことではないのかもしれないし、どうやって、その、映画の話ばかりするらしい神経症の女の子に会うことが出来るというのだ。

なかなか可愛い子でね、今は東京の大学に出て来てるはずだけど、と、冬彦が言い、ぼくは自分がひどく孤独であることを不意に思い知らされたような奇妙な気分になった。

タマは細かくほぐしたトリ肉をペロリと平らげ、久しぶりにのんびりと前肢で顔を洗ったり、全身の毛を丹念になめたり、まだノミはいないはずなのに、からだのところどころに歯を立ててクチュクチュやったりしていたが、たっぷり唾液を出して、毛並が濡れてぴったりからだにはりついたのが乾くと、柔らかい毛がふわりとなってなかなか美しい猫に見えたので、アレクサンドルは満足そうにタマを撫でてやりながら、ヨシヨシ、紅梅にのせてほすなり洗猫ちゃん、などとつぶやき、あお向けのかたちでタマの背中を支えて抱きあげ、赤く腫れあがった哺乳動物的なななましい乳首を白い毛のなかにのぞかせている「母親」を軽く揺すりながら、いい子だいい子だ、タマちゃんは、いい子だいい子だ、タマちゃんは、と繰り返しとなえ、それにあきると、さあ、今度はおっぱいを飲ませてきな、と仔猫たちの入っているダンボール箱の置いてある押入れにタマを入れ、猫もゴダールも同じだよ、と言うのだった。

今朝、速達で病院に病欠とどけを出しておいたし、仔猫をもらうにしても乳離れができてない状態では無理だし、どうせ受けもっている患者は、ごく軽症で自分が休んだからといってどうってこともないし、第一、こういう状態では患者を診るどころではなく、もともと臨床医にはむいていないと思ってもいたし、しばらくここに滞在させてもらおうかと思っている、と午前中に宣言した非常識なキチガイは、すっかり落着くつもりになっているものだから、それはどういう意味？　アレックスくん、などと、インテリ特有のおちょぼ口の発音で質問し、アレクサンドルはアレクサンドルで、そうだ、今度、フェリックスって名前を変えようかなあ、アレックス、フェリックス、どっちがいいかなあ、とのん気に言って、そうだよ、前にテレビで見たんだけどね、猫の生態を撮影したヴィデオなんだ、どっかの海辺の町があって、狭い坂道と石段がゴチャゴチャ入り組んだ古い迷路みたいな町なんだよ、人ももちろん住んでるんだけど、飼い猫も含めて野良猫がいっぱいいる町でね、そこの町じゃあ、昔からの言い伝えで犬を飼っちゃいけないキマリがあるんだよね、徳川時代にさあ、お犬様ってあったの知ってるだろ？　生類あわれみの令っていうんだぜ、犬を殺すと首を切られちゃうんだよ、それでさあ、その町ではきっと誰かが野良犬か何かを殺しちゃったんじゃない？　それ以来、犬を飼うのは不吉だってことになった、とか、そんなんじゃない？　犬がいないからね、猫にとっちゃ天国だよね、それに遠くからその町に猫を捨てに来る奴等もいるんだろ、それでね、そのヴィデオでは、一匹の白と黒のブチの、おっきなおっきな飼われているオス猫が主人公なのよ、さかりの季節になってブチはミケの飼い猫に夢中になっちゃうのね、ところがミケはブチにその気があるような触れなば落ちん風情を見せながら、ブチがお尻の匂いを嗅ごうとして鼻を近づけると、前肢でひっかいたりするんだよね、何回も何回もだぜ、ブチはそれでもあきらめきれずにミケを町中の坂や階段や屋根の上を走って追いかけまわすんだけど、なにしろ迷路みたいな場所だからね、カスバのようなものですよ、ミケの姿を見失っちゃうんだな、ブチは、ミケは不意にいなくなって、飼われている家の前で鳴いても出て来ないのね、ブチは、あのさかりのついた猫の凄い声でビャアビャア鳴きながら、必死で町を探しまわるの、ほんとに必死になって焦りきって、坂を下りたり上ったり、路地を曲ったり戻ったり、毛並みの手入れなんかもしてないからボサボサに汚れちゃっててね、哀れな様子の、猫の狂恋だよ、いじらしいじゃないの、切ないよねえ、あれだよ、あれ、こないだ一緒に高田馬場で見た映画。ああ、『ヘカテ』か、ダニエル・シュミットの。そうそう、あれの男がいただろう、いなくなった女をキチガイみたいに探しまわって人殺しまでしちゃう。うん、ベルナール・ジロドゥーね。それそれ、まるであれみたいでさあ、映画みながらブチを思い出して、泣けたね、ところがだよ、そこに白いメス猫があらわれて、ミケを探しまわってるブチを誘惑するんだよ、オッポを持ちあげて発情したあそこを見せてさ、これが貧相なメスでね、からだつきが小柄でスレンダーなんだよな、色気のない猫のくせして、ブチを追っかけちゃあ、ケツをむけるの、ブチはもちろん無視して相手にしないんだよ、ミケに夢中で虚ろな眼を見開いて悲痛な鳴き声をたててるんだからね、ところが、結局、シロとやっちゃうんだよね、シロのケツに乗ってさあ、首筋なんか噛んじゃって腰使って、ニャアオ、なんて鳴いて、いっちゃうんだよねえ、これが。

それのどこがゴダールと同しなんだよ、と言うと、アレクサンドルは、ようするに猫も人間みたいだって言いたかったわけよ、と答え、狡猾な老婆のように笑って、どんな狂恋も時がたてば、思い出になるんだよ、と言い、冬彦は陰気な顔をして黙り込み、ぼくはひょっとしたら、冬彦は、アレクサンドルがツネコさんの弟ではなくて若い恋人の一人だと疑っているのではないかと、思いつき、そう言えば以前、そういう噂を耳にしたことがあったし、アレクサンドルの主演でポルノ・ヴィデオを撮ったカメラマンなどはずっとそう主張していて、だって何もわざわざ、姉弟だなんて嘘つくことないと思うけどな、と、ぼくが正統的なことを言っても受けつけなかったのを思い出し、まして冬彦の場合は恋する者の常で疑心暗鬼の嫉妬にかられているのかもしれないなあ、と思うと、なんだか気味が悪くなったけれど、冬彦は旅行鞄のなかから二種類の薬を取り出し、それを飲むと、失礼してさきに寝させてもらうと言って、さっさとフトンを敷いて横になってしまい、アレクサンドルはあきれて顔を見合わせ、ぼくは深いため息を吐いた。

いつになったらアメリカに行けるのか、ボストンでたとえ、『アマンダ・アンダーソン・写真と生涯』の筆者でアマンダの姪の娘であるグロリア・スワンソンにもしも会えたとしても、彼女がアマンダの未発表フィルムを見せてくれたうえにプリントすることを許可してくれる保証など、まるでなかったし、それに、まだ確かめたわけではないのだが、フィロメラ・プレスという出版社がまだボストンにあるかどうかだってわかりはしないし、それに、もしかすると、スワンソンの書いている「熊とインディアンと女の子、ロバ……、ありとあらゆる生き物が、日本の木製のはめ込み細工の箱のように、びっしりとデリケートな精密さで喰い込みあっている」「いささかグロテスクで異教的な悪夢の断片」ともいうべき「不謹慎なユートピア、幻想的で同時に吐き気を催させもする」不可思議なポルノグラフィックな写真なんて、最初からありはしないのではないか、という大して根拠があるわけではない不安が頭をもたげ、それにそれを見たところで、確かに、実際問題として感動的ではあるだろうが、ぼくが手にするのは吐き気だけなのではないか、日本で初めてアマンダ・アンダーソンの写真を紹介する名誉を誇りに思います、とタドタドしく英語で言ってみると気は滅入る一方だし、まだ若いつもりで、これからも男の一人や二人には不自由しない、という気分ではあるけれど、結局のところ老後はお前と暮したい、と、こないだもらしていたおふくろも頭の痛くなる要因だし、と、あれこれ考えているうちに、うつらうつらしたと思ったら、人のすすり泣く声で眼がさめ、てっきり、冬彦がすすり泣いているのかと思って、たじろがざるを得なかったのだが、案に相違してすすり泣きをしているのはアレクサンドルだった。そのまま寝たふりをしていれば、やがて泣きやむと思っていたのだが、鼻をぐずぐずいわせ、暗いなかでガサゴソとティッシュ・ペーパーの箱を手探り、大きな音をたてて鼻をかむので、一体、どうしたんだよ、と声をかけると、ゴメン、起しちゃったか、と少し笑ったらしく、白い歯がちらっと見えた。眼がさめて、暗いなかでじっと天井を見ていたら、自分が一人ぽっちで孤独に死ぬことを考えて、なんだか恐くなっちゃったんだよ。

確かにそういうことは誰にだって——もっとも、子供の場合だけど——あることだし、わからないわけではないのだけれど、ぼくとしてはやっぱり、いささか、たじろいでしまい、それはたとえば、この本当の年齢もよくわからない、多分、G・Iとの混血らしい学歴もないし無職で住所不定のアレクサンドルが、ぼくには街路《まち》が学校だった、などと、なんというか、花のノートルダムみたいなことを言う時の安っぽい賢らぶりにも、多少、たじろぎのようなものをおぼえるけれど、これはそういうものとはまた別で、気に障るナイーヴさ、とでも言ったらいいだろうか、月並みきわまる譬えではあるが、これが、ようするにアレクサンドルが女だったら、こういう場合って、どっちかがどっちかのフトンにもぐり込んで——泣いている方がなぐさめる方のフトンにもぐり込むか、その反対かはともかくとして——背中なんかさすってやっている手がだんだん尻の方に下りて行って、片や唇は濡れたまぶたの涙をぬぐって、いつの間にか性交態勢に入ってしまっている、という不潔な進行でおさまるのだろうが、ぼくとしては、隣りですすり泣いている〈存在論的不安〉をなだめるのは、職業柄、冬彦の役目だ、と解釈することにして、精神安定剤を飲んでグウグウいびきをかいている男をたたき起してやろうかとも思ったが、そうなるとこっちもまた巻き込まれて眠れなくなってしまうと思い直し、煙草に火をつけてアレクサンドルに銜《くわ》えさせ、しみったれて隠しておいたというわけでもないのだが、ただ、彼等に飲ませるにはあたらないと思って机の引き出しにしまっておいた、おふくろの所から持ってきたレミー・マルタンをコップに注いで飲ませ、タマが産後のウツ症におちいって「あたしは死ぬんじゃないかしら、ネエ、ネエ、あたしって死ぬんじゃないかしら、ネエ、ネエ」と物悲しく陰気なしわがれ声で鳴きつづけた時のように、タマはいい猫だから死なないよ、と、この場合はなぐさめるわけにもいかないので、話している途中で、これは少しピント外れだったかな、と思いはしたのだったが、思いつくままに、ある飛行機乗りの話をした。その日は、みんながずいぶん、いろいろな〈お話〉をした日だったわけである。

南アメリカの山の中で、郵便物を運ぶ飛行機を操縦するパイロットたちの話なんだよ、危険な仕事でね、飛行機はオンボロだし、山はとても天候が変りやすくて、霧も出れば、嵐や雷もおこるし、いつ事故にあうかわからない相当に荒っぽい仕事なんだけど、ある時、仲間のパイロットの一人が霧のなかでの着陸に失敗して、炎上する機のなかから助け出すことは出来たけれど重態で、命が助かる見込みはないんだね、その男をタンカに載せて、宿泊所の部屋に運ぶんだけど、男は自分が死ぬことを知っていて、仲間たちに言うんだよ、死ぬ時は誰でもたった一人で行くことに決ってる、だから、みんな、出て行ってくれ、すると仲間の一人が煙草を死にかけている男の口に銜えさせて、うなずいて出て行くんだよ。

おれはねえ、とアレクサンドルは腹ばいになってコニャックをすすり、涙でぐじゅぐじゅになった眼を黒いセルロイド縁の黒眼鏡で隠し、ただのジゴロだよ、俳優になったり、バーテンやったり、パフォーマンスやったりしたけど、働いて喰ったことはないんだよ、だからね、そういう命をかけたパイロット仲間の、美意識みたいなモラルとは無関係なの、そういうねえ、雄々しく年老いた象みたいなのとは、違うの、と言った。

ぼくは、そうかそうか、悪うございましたよ、と答えてフトンを頭から被り、煙草の火にきをつけてくれよな、と付け足した。

早起きのアレクサンドルが庭で大家のバアさんと大声で話をしている声で眼がさめ、片眼だけあけて枕もとの時計を見ると、まだ七時半で、アレクサンドルのフトンの向うでは、冬彦がもう起きて新聞を読んでいて、片眼を開けたぼくを見ると、やあ、おはよう、ゆうべは眠れなくてねえ、と言い、自分の部屋であるにもかかわらず、好きな時間に眠ることも起きることも出来ないのか、と、頭がズキズキし、誰が起きるものかと、もう一度フトンを被り、意地でも、もう一度眠りなおしてやるつもりだったのだが、アレクサンドルは戻って来ると台所で朝食を作りはじめ、匂いから察すると、みそ汁とアジの開きと納豆と、バアさんからもらったぬか漬らしく――まあまあ、外国の方に、ぬか漬なんかお口にあいますの、と、バアさんが驚くのに対して、アレクサンドルは、わざとカタコトの日本語で、ハイハイ、ぬか漬、大好きね、匂いなんて気にならない。フロマージュ、なんて言いますか、オオ、チーズ、同しですね、なんてやっていたのだ――それをダイニング・キッチンのテーブルで二人で食べながら、これこそ日本の食文化の原点だよ、このお米の御飯中心の組みあわせがさ、とアレクサンドルが言うのに対して、冬彦は、そんなことはない、こうした組みあわせは、日本の朝食文化のなかでは特殊なもので、茶がゆに梅干しと、ぬか漬以外の漬け物を食べる地域もあれば、粉食のところもあるし、ヒエやアワを食べるところだってあったのだ、米すなわち日本、というのは非常に観念的な主題なんですよ、と朝っぱらから議論をはじめるし、昨晩ぼくはロクに食べていなかったせいもあって、ひどく空腹であることに気がつきもしたので、起き出して、一緒に朝飯を食うことにする他なかった。

一枚、千円の稿料で、なんとかという思想雑誌の特集「知られざる作家たち」にアマンダ・アンダーソンのことを二十枚書く約束をして、そのしめ切りが今日だったのだけれど、そんな糞の役にもたたないハシタ金のために、アマンダの片鱗たりとも売ることはないし、約束がなんだ、もし雑誌の編集者がグズグズ言うようだったら、バカヤロー、二万円くらいの金で人の知恵が拝借できると思うな、と怒鳴ってやろう、と考えたのだが、もちろん、本当にそう言うかどうかはわからない。それに、今のところ金はいくらかあったし、アマンダ・アンダーソンという知られざる作家の写真を雑誌に紹介したからといって、それが何なのだろう、面白いですねえ、是非、この写真は載せたいなあ、なんて馬鹿編集者は言ったが、オリジナル・プリントもなく、写真集からの複写で印刷したものなんて、きれいに印刷できるわけがないのだから、そんなきたならしい印刷で、あの狂的な程にピントの鮮明すぎるアマンダの写真を載せるのは、むしろ、アマンダへの冒瀆といってもいいわけだし、なんで、あんなことを引き受けたのかと思うと、結局、貧すれば鈍する、ということなのかなあ、と思いながら小カブのぬか漬を奥歯で噛んでいると、ちゃんと根の治療して虚になった部分にツメ物もして金属のふたもした元虫歯の、お椀状に薄くなっている一部分がポロリと欠け、噛みくだかれた小カブにまじって舌にあたり、欠けた歯だけを小カブから舌でよりわけ、小カブは飲み込んでから、ペッと手のひらにはき出してみると、口腔内で感じていたよりも、ずっと小さくて薄い汚ならしい茶色の歯の破片で、指でつまんでためつすがめつしていると、盲腸の手術をした時も、歯を抜いた時にも感じなかった——自分の身体の一部、とくに女の場合、卵巣とか子宮とか乳房なんかだろうけど、ドンと重い喪失感を感じるわけなんだろうが、肺でも胃でも腎臓でも、喪失感を持つ人間がいるらしいのだ、器官なき身体というのは、そんなにおぞましいものなんだろうか——喪失感があって、あーあ、こうやって死んでいくのかなあ、と思わず独り言を言ってしまった。

部屋にはまだ寝乱れたフトンが敷きっぱなしで、開けてある窓から、庭の五分咲きの八重桜の濃いもも色が見え、風に乗って桜のにおいが部屋のなかにまで漂い、アレクサンドルは、さっき、バアさんから聞いた桜の花の塩漬——桜湯をつくるための——の作り方の説明を冬彦にむかって繰り返し、八重桜はいいねえ、春樹って名前に変えようかあ、と、バアさんにもらった去年の桜漬の桜湯を飲みながら言い、冬彦が、『君の名は』だね、と答え、アレクサンドルは意味がわからないので、曖昧にうなずき、いつ話を決めたのか、二人は、おばさんだってツネコねえちゃんの居場所なんか知っちゃいないけど、あんたが行くってんなら、オレもおばさんに用があるから一緒に行くよ、まあ、満足がいくまで探すがいいさ、オレは金はないからね、電車賃出してよね、ええ、そりゃもちろんです、などと言いあっているのだった。

たまゆら

桜の花の塩漬けにお湯を入れて飲む桜湯が好きでさあ、と、アレクサンドルは言いながらあくびをして、なんかこう、白湯《さゆ》のなかに薄いピンク色の花が一輪ゆらいでいる風情には、なめまかしいところがあるよなあ、と付け加えた。

なめまかしいって言うのは、何？　関東の方の方言ですか、と冬彦。

方言？　何言ってんだよ、なめまかしいはなめまかしいじゃないか。

おいしいって程の意味かなあ？

笑わせないでよ、なんで日本語がわかんねえんだよ。

ぼくは二人の会話を耳にしながら面倒なので口をはさまなかったが、冬彦という奴は、本当にボケた野郎だな、と思った。話の前後の関係、白湯のなかに淡いピンクの花が一輪、水中花のようにゆらゆらとゆらいでいる、といった情景描写を考えれば、なめまかしいと、アレクサンドルがどういう経過をたどって間違えて覚えたのかはともかくとして、なまめかしい、であることくらい見当がつきそうなものだ。訂正してやってもよかったけれど、この場合、アレクサンドルに恥をかかせるより、どうも意味をつかみかねて首をかしげている冬彦を見ているほうが面白かったので、横を向いて笑うのをガマンしていた。

　春樹ってのは、やっぱ、桜のことなんだろうなあ、と、話題を変えるために冬彦が言い、アレクサンドルが、それじゃあ、夏樹とか冬樹ってのも、何の木か決ってるの？　と無邪気にたずね、冬彦はいささか返答に詰って、うーむ、などとうなり、そうねえ、その場合は、もっと何て言うか抽象的イメージなんやろね、冬の樹は、まあ厳しい大地にリンとそびえて逆境に耐える人物たれ、なんてことで名付けるんやね、夏の樹は、青々と勢い良く繁栄するように、と言うことなんだろうね、と答えると、アレクサンドルは、さよか、と言い、今度はぼくに桜の塩漬けの漬け方を説明しはじめた。

　せっかく八重桜が咲いてるんだからよう、作ってみたら？　大家のバアさんは、桜湯こそ、おめでたい席での日本的演出の極致なんだって言ってたぜ。おめでたいことなんか、あんたにはあんまり縁もないだろうけど？　ま、それはともかくね、漬ける桜の花は八重桜に限るわけよ、だって、ソメイヨシノなんか塩漬けにしたんじゃあ、ヘナッってなるだけだよな、八重桜の七分咲きってところがいいんだって、ようするに桜の花をつんで、花二百グラムに対して塩五十グラムの割りで漬けるんだよ、軽い重しをしてね、二、三日すると水が上るから、水を捨ててね、ここんところが重要なポイントで、おれも初めて知ったんだけどね、桜湯って、ちょっと酸味があるでしょう？　木村屋のアンパンにチョコンとついてる桜も、ちょっと酸味があるでしょう？　あの酸っぱさは、桜の花がもともと酸っぱいわけでもないし、白菜の古漬けみたいに発酵してるせいでもないんだよね、上った水を捨てた後にだね、赤梅酢を半カップくらい入れてそのまま一週間程おいて、それから盆ざるに並べて陰干しにするのよ、干し上ったところで塩を少量まぶして、びんなどにつめて保存するわけです。今年の桜を見ながら、去年の桜を桜湯で飲むのも、なかなかいいんじゃないの。去年《こぞ》の桜いずこにありや？　ここにあり、ここにあり、というわけだよ。

なるほどね、と冬彦。しかし、なんですね、去年の雪いずこにありや、と言うんも同しだね、やっぱり、ここにあり、でダムに貯って水道の水になって、去年の桜を浮べてるわけだ。

そうそう、そういうこと、それでね、梅酢を振ってまぜた御飯をおむすびにして、上にこの桜を一つ二つのせるとお弁当なんぞにいいそうだよ、アンパンみたいに桜を一緒に食べちゃいけないんだぜ、この場合は、残しておくんだよ、どうしてかって言うと、食事のあとにいただくお湯に浮かせたり、お汁《つゆ》がわりにしたりするのが、風雅ないただき方なんだぜ。

へえ、なるほど、と、また冬彦が言い、ぼくは朝早くから二人に起されて眠くてしかたがなかったので、あんたたち、出かけるんなら出かけなよ。ぼくはそしたらもう一眠りするんだから、と言った。

眠ってばっかりじゃないか、猫顔負けだね、夏之さんは。

ああ、いいから、さっさと出かけたら、と言いながら、敷きっぱなしになっていたフトンの中にするりともぐり込み、アレクサンドルが、夕飯はどうする？　ま、そんなに時間もかかんないから、帰ってきてから考えるか、と言ってるのには答えず、頭にフトンを被って身体を丸め、もう一度眠るために眼を閉じた。


ようやく二人が出かけたのは十時頃で、それから一眠りして眼がさめたのは午後の二時だった。四時間しか眠っていないので、もう一度眠ってもいいと思ったのだが、横になった位置からきれいにみがきあげたガラス窓から見える白っちゃけた曇り空を見ていると、今朝、小カブのぬか漬けを食べていた時にポロリと欠けた奥歯のことを思い出し、欠けた奥歯が原因というわけでもないのだけれど、なんとなく、ため息の出るような脱力感で全身が、灰色の白っちゃけた水分を含んでいる空気のように重く、ことに腰のあたりの痺れたような重さときたら、気が滅入ること夥しいものがあるのだった。フトンのなかで、あたたまってかゆくなった腹をかいていると、指先きが陰毛に触れ、別に珍しいものというわけでもないのだけど、ゴワゴワして縮れた毛の感触には、たとえば猫の背中をなでてやったりする時に少し似た――猫の毛並みにくらべて、たいていの陰毛は固すぎるけれど――安らぎとでもいうべきものがあり、しばらくそうしているうちに、感触という見地から見れば猫の毛よりもずっと繊細でなめらかな平常時の大きさのペニスを指で少しいじり、もちろん、こういうのはオナニーとは違って、いわば、猫が毛をなめたりする身づくろい《グルーミング》のようなもので、猫もそうらしいのだが、グルーミングをすると気分が休まるのだ。

　本当にそれはそうで、目白の喫茶店で時々見かける、どうも重度の神経症というか、一見、こう違和感とでもいうか、普通とは違うという感触を覚えずにはいられない学生風の若い男がいるんだけど、こいつは、鼻をほじって鼻クソを指先きで丸め、それをつくづく眺めた後で、ふと気がむいたとでもいった調子で、話に夢中になってる若い女の客に丸めた鼻クソをピンと指先きで弾いてぶつける、ということをやっていない時は、テーブルの下でダブダブのズボンのポケットに手を突っ込んで——ポケットの底に穴をあけているのだろう——ペニスをいじりまわしていて、当然、見ればわかることだが、オナニーをしてるわけじゃあ、全然ないのだ。完全に、精神安定のためのグルーミングなんだな。

　まあね、見ていて感じのいいものというわけじゃないし、むしろ、薄気味が悪い奴ではあるし、鼻クソほりにせよペニス・グルーミングにせよ、一人でいる時の無意識の動作というもののはずで、本なんか読んでいて、ふと気がつくと誰でも鼻クソなんかほじっていたりするものだし、ペニスをいじってたりするもので——確かに、いささか小児的動作ではあるが——不思議はないけれど、普通は喫茶店ではやらないし、そういうのを見た場合、いつだったかがそうだったけれど、友達の噂話に夢中になっていた四人の女の子のグループの一人が気づき、妙な顔をして隣りの女の子をつっき、何かコソコソささやくと、その女の子がチラリと例の若い男の方を見て、顔を赤くしてあわてて眼をそらし醜悪なふくれっ面をする、若い男《ペニス・グルーマー》に背を向けている二人の女の子は、事情が飲み込めていないので、どうしたのよ？　なんなのよ？　と騒ぎ、前の二人がシッ！　という表情をして、四人がテーブルの中央で顔をつきあわせ、コソコソとささやきあい、エーッ、ウッソー、ヤダア、頭とかおかしいんじゃない、ブキミィー、とけたたましく叫び声をあげるものだから、店の人間も客も全部が彼女たちの方を見るのだが、肩をすくめて彼女たちはクスクス笑い、ヤダア、みんなが見てるう、と言い、若い男《ペニス・グルーマー》は彼女たちをチラッと見るだけで、まるで動じず、行こう、行こう、と彼女たちは小さいのや大きいのやサイフを出して、ケーキとコーヒー・セットやブルーベリーのソースをかけたヨーグルトの代金をわり勘で払い、笑いさざめきながらドアを押し、窓ガラス越しにのぞいて例の男を眺め、なにやら喋りながら交差点にむかって歩いて行く、というのが、普通の女の子の反応で、男だったら見て見ぬふり、ということになるのだろうな、などとぼんやり考えているうちに、ペニスをさわるのにもあきて、寝がえりをうち、俯せになって枕をはずし、脂じみている顔をシーツにこすりつけて顔の脂をぬぐってからじっとしていると、唇に何かがくっついているので指で唇をこすり、また同じ姿勢にもどると、まだ何かが唇についていた。

なんだろうと、頭をもちあげて見ればシーツの織り目の糸の節が太くなっている部分が、ちょうど下唇にあたっていたのだった。唇を軽くくすぐられているような、いくらか、そう、なめまかしい感触でないこともなかったのだが、ああ、そうだったのか、とわかるとまた眠気が頭の底からはい上ってきて、うとうと眠りかけると、隣室に住んでいる女の子二人のところへやって来たらしい、同級生らしい若い娘が庭先で、鍵のしまっているガラス戸を開けようとしているらしく、ガチャガチャ騒々しい音をたて、留守なのう？　と、それくらいわかりそうなものなのに空の部屋に向ってどなり、挙句、家のガラス戸をガラリと開けて、お隣りは留守でしょうか？　と声をかけるのだった。人がフトンに入って寝てるのにだよ、どういうつもりなんだ、と、むっとして、知らない、と、短かく答えると、尾崎翠風のおかっぱで――ようするに、ジャキジャキと自分でハサミを使って切っちゃった感じってことだよ、と後で精神科医で〈論考〉執筆が大好きらしい、冬彦に説明すると、女性が発作的に自分の髪の毛を自分で切ってしまうのは、一種の自己懲罰的行為だね、などと例によって陳腐なことをひとくさり語り、うんざりさせられたものだが――なんだかよくわからない黒っぽい服を着た若い娘は、縁側で仔猫をしたがえて眠っているタマに気づき、いやあ、タマやないの、何してはるのん？　こんなとこで、と、正確にこうだったかどうかはっきり覚えてるわけではないけど、ようするに関西風のアクセントと言葉でタマに話しかけるので、ぼくはびっくりしてしまい、あんた、その猫、知ってるの？　と思わず見たこともない娘に話しかけると、彼女は、この猫を知ってるというわけじゃ、正確な意味では違うかもしれないけど、そっくりなタマという猫を昔飼っていたことがあり、一瞬、いなくなったタマがここに住みついているのか、と思ってしまった、というようなことを話しているうちに、隣室の女子学生二人が帰ってきて、あれ？　どうしたの、と若い娘に声をかけ、お邪魔さま、とかなんとか言いながら部屋に引きあげて行ったのだが、さきほどの知らない娘が一人で戻って来て、それでねえ、そのタマは、アルミホイルを小さな球っころに丸めたのを放ってやると、球を追って走ってじゃれるんだけど、ひとしきりじゃれた後でそれを口に銜えてトコトコ戻って来て、また放ってくれって顔をして、ニャアって、さいそくするように鳴くのよ、何度も何度もよ、じゃれるのにあきるまで、ちゃんと銜えて戻ってくるんだから、と話しかけ、こちらの反応には無関心に、また隣室に戻って行き、一時間程してから、今度は隣室の桃子ちゃんという女の子がやって来て、ねえねえ、夏之さん、と声をひそめて言うのだった。

　なに？

　さっきの子、あれ、ちょっとヘンな感触でしょう？　同しゼミの子なんだけどねえ、いきなり来ちゃってさあ、帰んないんだよね、あたし、ああいうの苦手、どうする？

どうするって言われたって、それはそっちの問題で、こっちはこっちでヘンな居そうろうを二人も抱えてるんだぜ、おまけに猫まで。

どうしたら帰るかなあ、と、桃子はグズグズ言い、そんなこと、ぼくに訊いても答えられるはずがないのに、縁側に座り込んだままの姿勢で無精ったらしく上半身を横ざまに傾けてタマの背中を撫でながら、夏之さんのこと、あの子ったらだいぶん気に入ったみたいだったから、どう？　こっちに来て、適当なところで連れ出して、駅前かどっかで放り出してくれないかなあ、と図々しいことを言うので、お前ねえ、ニューヨークや東京のような都会では、そうそう人にたよって生きてはいけないし、頭のおかしい小娘一人を小娘二人で撃退できないようじゃ駄目なんだよ、と説教していると、ピーコック・ストアのビニール袋とスコッテイのお得用五箱パックをさげた桃子のおばさんが生がきの外を通りかかり、あいかわらずあんたたちもヒマそうねえ、と声をかけて入って来た。おばさんは小説家で、この近くに住んでいるのだが、ぼくがずっと以前倒産した出版社のカメラマンだった頃、雑誌の仕事で秋田に行くことになってどういうわけかなんとなく気が合い、偶然住んでいる場所も近かったので、それ以来のつきあいなのだが、桃子がいきさつを説明すると、そういうことはあんた自分で処理しなきゃ駄目よ、はっきり帰ってくれって言えばいいじゃないか、と断定し、煙草に火をつけて煙を吐き出し、リタ・ヘイワースが死んだわねえ、アルツハイマー病で、あれはウイルスが発見されたんだけど、羊の脳から見つかったんだよね、羊の病気でもあったわけですよ、羊って、ほら、あんまり頭の良くない動物でしょう、いかにも馬鹿そうな顔してるしさあ、それがアルツハイマー病になったらどうなるんだろうねえ、と、ため息をつき、リタ・ヘイワースは発病してから庭をうろつきまわりながら、あたしはギルダよ、あたしはギルダよ、とつぶやいてたって言うけど――ギルダって何？　と桃子が質問し、小説家は、リタ・ヘイワースがオーソン・ウエルズやアラブの王子様やボクサーと結婚していたことや、『ギルダ』のなかでリタ・ヘイワースがギターを抱えて歌をうたう場面の邪悪な魅惑を説明してから――羊の場合は、と言うのだった。羊の場合はどうなるかって言うとね、と幼稚な小説家の言いそうなことは、だいたいぼくには見当がついたので先まわりして、羊は学校へ行くんだろ？　と答えると、とても口惜しそうな顔をして、そうなのよ、あたしはメリーさんの羊よ、あたしはメリーさんの羊よ、ってメエメエ言いながら教室をウロウロするの、と付け足し、じゃあね、と言って帰り、桃子は、あきれて深いため息を吐き、今の冗談は落ち目になってからの赤塚不二夫のマンガのギャグみたいに面白くない、と言ったけれど、後でアレクサンドルに話してやると、本当かどうかあやしいけれど、昔、まだ十代の頃、赤坂の女装クラブで働いていた頃、あたしは赤毛のロングのカツラを被ってギルダの扮装をしてギターのひき語りしてた、と言い、可愛いじゃないの、アルツハイマー病にかかった羊、可愛いねえ、と喜ぶのだった。

そうこうしていると、アレクサンドルと一緒に、亀井のツネコとアレクサンドルのおばさんの家を訪ね、ツネコさんの消息を探りに行った冬彦が一人で戻ってきて、アレクサンドルというのは本名じゃないんですね、彼のおばさんは、カネミッちゃん、なんて呼んでたけど、カネミツというのが本名なんだなあ、兼光と書くのかもしれませんねえ、と言い、それでもツネコとアレクサンドルことカネミツが、二人のおばさんの存在によって、父親違いの姉弟だということに確信は持てた様子で、もし、彼女から連絡があったら自分のことを伝えてくれると同時に、是非、彼女が自分に連絡をしてくれるように頼んできた、と言い、恋する彷徨者よろしく、ため息を吐いて本棚によりかかって眼をつぶり、ツネコの思い出にひたっているらしいのだ。ぼくは、冬彦と自分の母親のことを思い出させ、ツネコという女も、あんたとおれのおふくろみたいなタイプなんじゃないかなあ、と言ってやった。

あんたのおやじの弟っていうのが、おれの勤めていた会社の重役だったんだよ、そいつに呼びとめられて、実はきみのおかあさんは以前、ぼくの兄貴と結婚していて、冬彦っていう息子もいたって話をきいたんだけど、藤堂って名前に覚えがある？　っておふくろにきいたらさ、トードーねえ、ドードーは絶滅した鳥だけど、トードーねえ、なんて、すっかり忘れてたんだぜ、説明してやったら思い出したけど、別にぼくは、女性全般がそうだなんて言ってるわけじゃないし、ひとの色恋沙汰にとやかく口をはさむつもりはありませんけれども、似てるんじゃない、おふくろに？　ツネコさん。彼女を探し出してどうしようってのかなあ、いつまでここにいたって、彼女からぼくに何の連絡もないと思うし、彼女がタマのことを気づかって電話してよこす、なんてこと、ありそうもない気がするけどねえ、と言うと、冬彦は自分が彼女の代々木八幡のマンションに行った時、彼女はそりゃあタマを可愛がっていて、タマの方もまったく彼女になついていた、と、珍しく分析的言辞なしに語り、ぼくはうんざりして黙り込み、しめ切りが迫っている思想雑誌の「知られざる作家たち」という特集に書くことになっているアマンダ・アンダーソンについての原稿を、どうやって断るか、あれこれを考えることにした。一度引き受けた原稿をしめ切り近くになって断るのは、プロとしては非常識というか、まあ、相手に迷惑をかけるのに決っているわけだけれど、そもそも、ぼくはプロの物書きではなく、ようするに仕事のないカメラマンで、写真のページに穴をあける、というのならともかく、文章を書くことを一旦引き受けて断ったとしても、いいのではないか、と勝手な理屈を作り、それに何より、アマンダ・アンダーソンの写真を写真集から複写で製版したら、彼女の写真の魅力の大半は失われてしまうし、かと言って、写真を一枚も載せないで、アマンダ・アンダーソンの写真について、という文章を書くのも変なものだし、書きたいことなど、もっと早く気がつくべきだったのかもしれないけれど、何もないのだ。

でも、と若い編集者は電話口で困惑して口ごもるだろうが、ぼくは、書けない、書きたくない、の一点張りで、その後は自閉症的に電話の前でじっと押し黙ったまま、相手がしかたない、と考えてあきらめるまで、そうしている、といったすごく性格と頭の悪そうな方法を考え、そう言えば子供の頃、おふくろがぼくのことを、お前は優柔不断のくせにヘンにガンコなところがあるんだから、と、さも、うんざりした、と言った調子で批難することがあり、それはたとえば、何か二つの物があって、好きな方をお取り、などと誰かに言われたりするという状況で、いつもぼくがどっちを取るか迷いに迷って、なかなか一つの物を選べないでいる時やら、その他の似たような状況で述べられる感想なのだったが、そういう時、不動産業の新しいおやじは、まあまあ、夏之くんは思慮深いんだよ、などと、穏やかに取りなしたものだったが、むろん、思慮深いということと優柔不断というのはまるで別のことで、どちらかと言えば、おふくろの言ったことの方が、現在でも正しく事態というかぼくの性格を言いあててもいるだろう、と思わざるを得ないわけで、隣りの桃子ちゃんには、あんなことを言ったものの、ぼく自身、押しかけて来た居そうろうや猫を追い返せずにいるのだし、グズグズと、書くべきはずの原稿を断る方法をあれこれ考えてみたりもするわけで、喫茶店で時々見かける、あの鼻クソをほじっては丸めたり、ズボンのポケットに手を入れてペニスをいじっている若い男とそんなに変りはないのだ、と陰々滅々と考えたりもしたのは、やっぱり、いきなりアパートの部屋に転がり込んできた冬彦のせいなのかもしれないし、行方不明というか消息不明であるうえに不実でもある恋人の行方を探す、という、いやんなっちゃう程大時代な主題にとらわれている男を見ていると、誰だって気が滅入らずにはいられないのだ。

　と、思いながら、のどもかわいたのでお茶をいれようと思い、そうすると、あんたも飲む？　と声をかけないわけにもいかないので父親違いの兄貴に声をかけると、あぁ、そういえば、のどがかわいた、と、うっそりした声を出し、ぼくのいれたミルク紅茶を飲みながら、それでもタマの皿にミルクを注ぐくらいの気働きを示して、冬彦がぼんやりと物思いにふけっていると、隣室の女の子二人が招かれざる客をようやく追い出せたと見え、三人が縁側から庭を横切って生がきの外れにある裏口の引き戸に歩いて行こうとし、ジャキジャキと不ぞろいに切ったおかっぱの娘がこちらをふり向き、ハテナ？　という顔をして立ち止り、スタスタとこっちに向って歩いてきて、いやあ、やっぱり、先生やないの、どうしてこんなとこにいますの？　と冬彦に話しかけ、ぼくとしては、またこの娘が、昔、学校で教わっていた先生にこの人がそっくりなんで、と言い出すのかと思ったが、冬彦は、あれっ、井野さん、どうですか、その後、元気そうじゃありませんか、だいぶ調子はいいのかな、と急に職業的口調になり、井野さんは、はあ、おかげさまで、だいぶん調子がいいんですわ、以前のように、あんまりいろんな事が気にならなくなりましてん、すっかり良くなったような気がします、お薬も、もう飲んでませんし、と答え、先生は、そう、それはよかった、でも、また具合悪うなったら、こっちの病院の先生に紹介状書いたるから、遠慮のう電話して、あれっ、井野さん、髪、自分で切ったんか、と、回復に対して少し不信の念の入った声で言い、ええ、なんや長うしてるのが急にうっとうしいてかなわん気イしましてん、自分で切りました、おかしいですか、そんなことないけどな、何かあったんじゃないの？　また、眠れんようなことあったら、こっちでも病院に行ってみたほうがいいですよ、というような会話があり、井野さんは、先生の話し方から、どうもこの人は自分がまだ病気が直っていないと考えているようだ、と判断したらしく、あたしはすっかり元気だ、ということを何度も繰り返してから、帰っていった。

隣りの女の子二人は生がきの引き戸のところから戻ってきて、ふうっ、とため息をつき、冬彦にちょっと会釈してから、ぼくに目くばせをし、ネエネエ、といった調子で手まねきをするのでしかたなくサンダルをひっかけて隣りの部屋の縁側まで行くと、あの二人の会話をもれ聞くに、夏之さんとこのお客は、てっきり精神科のお医者でしょ、と、桃子と同居している花ちゃんという子が小さい声で言い、ウン、と答えると、あーあ、疲れちゃったよう、とゴロリと床にひっくりかえり、桃子も、あたしもだよう、と言ってゴロリとひっくりかえって、じゃあね、と手を振ったので、じゃあね、と答えて自分の部屋に戻ると、冬彦は、あの子の場合、自分で髪切っちゃうのは良くないなあ、などとボソボソ独り言のように言い、どうもあんまり良くないようだけれど、一見元気に見えはするけれど、ああいう髪を自分でジャキジャキ切ってしまうような行動は自己懲罰的傾向でよくないんだけどなあ、あの子が昨夜話した、ほら、映画好きの若い女性なんですけれどね、と付け加えたので、ぼくは、なるほど、と思い、ゆうべ、彼女の話をききながら、自分の孤独な生活に思いをめぐらしたりしたことやら、なんとなく彼女にあってみたいと思ったりしたことやら、我にもなく感傷的になっていたものだと、あまりいい気持がしなかった。思わぬ邪魔が入って飲みそこねていた紅茶はすっかりぬるくなっていて、おいしくはなかったけれど、のどがかわいていたのでゴクゴク飲んでしまい、何も喋ることがないまま、黙って煙草を吸っていると、冬彦が突然正座にすわりなおして、いろいろ御迷惑をおかけしてお世話になったけれど、今日これから京都へ帰ります、と言うので、ああ、そのほうがいいよ、よかったじゃないの、と答えると、アレクサンドルくんとおかあさんによろしく伝えてください、正直いって、二人にまた会うことがあるかどうかわかんないけど、と答え、ぼくは、本当にそうだよなあ、あんたがうらやましいよ、ぼくも、おふくろに、また会うことがあるかどうかわかりませんけれど、なんて誰かに言伝てをしたいくらいだもん、と感想を述べた。おれはね、あれが自分のおふくろで、とりあえずまあ十何年か面倒みてもらったわけだけど、あれが母親じゃなければ、付きあいませんよ、だって気があわないしね、そこいくと、あんたなんか赤ン坊の時に捨てられたようなもんだから、付きあう義理がなくって、うらやましいよ。

それはまあ、どっちもどっちで、どっちが得かって問題でもないわけやけどね。

でも、と、ぼくは冬彦がようやく帰る決心をしたのにホッとしたあまり口が軽くなったらしく、でも、おふくろがあんたのことをすっかり忘れてたってこと知って、どう思った？　と質問した。まったく、ぼくのことも忘れてほしいくらいなんだけど。

三十何年間、完全に白紙状態で忘れてたってことはあり得ないし、正確に言えば、きみに藤堂の家のことをいきなり言われた時、とっさに思い出さなかった、ということでしょう。よくあることとじゃないかなあ。

そう言われれば、それは確かにそのとおりで、つい、おふくろが、三十何年間、すっかり自分の産んだ子供やその父親のことを忘れていた、といったいわば幻想的なロマンスにとらわれていて、それは元をただせば母親は自分の産んだ子供のことは忘れるはずがない、といった母性神話を無意識に採用していたせいなんだなあ、と、冬彦の簡潔な答えをきいてぼくは気がつき、簡単な身仕たくをすませ、京都へ来ることがあったら是非ぼくんところへ寄ってくれ、アレクサンドルくんにも、そう言ってほしい、なんかアホらしいくらい偶然で会ったけど、会えて良かった、と言い残して、やって来た時と同じ唐突さで冬彦は帰り、ぼくは久しぶりに一人だけで、やけに清潔に片づけられている部屋のなかで、なんとなくポカンとして、あっけにとられていた、とでも言おうか。

その日から何日もアレクサンドルからは何の連絡もないので、これはあいつも他の居場所を見つけたのかと、これまたほっとした思いで一安心し、すったもんだのやり取りはあったものの、アマンダ・アンダーソンの写真についての原稿を書くことは断り、タマの五匹の仔猫のうち、赤トラと白のブチの一匹は隣りの女の子たちがもらい手を見つけてくれ、ミケ柄は一匹は元同僚だったポルノ写真家が、女房が猫を飼いたがってたんだ、と引きとり、肢の先と鼻と口のあたりが白で残りは黒のオスは、おやおや、この子ったらノラクロによく似てるじゃございませんか、と、柄ゆきが気に入って紅梅荘の大家のバアさんが飼うことになり、少しぼけている大家のジイさんは、その名前は良くない、家を出て行く女の名前だから、飼い猫にはよくない、と反対したけれどノラちゃんと名前も決り、ツネコさんのやっていたバーの常連で、妊娠と出産を理由に何百万円だかを、彼女に、どうやらだまし取られたということになるのかもしれない江古田の生花の家元が以前から仔猫を引きとる約束になっていたので、この際、二匹を渡してしまおうと、仔猫たちは乳離れもすんだしそろそろ引きとり時の可愛い盛りです、と電話をすると、車で行けばすぐ近くだから、とその日のうちにやって来て、愛想の良い中年で小ぶとりした家元は整髪料でピッタリと一糸の乱れもなく整えた頭とピンク色の顔をふりふりして、いやあ、可愛いもんですねえ、なんて小っちゃい爪なんだろう、真珠色に光ってますねえ、あたしはね、ツネコさんが飼ってた猫だっていうから、ペルシャとかヒマラヤンとか、シャムとか、アメリカン・ショートヘアとか、そういった猫かと思ってたんですけど、しかし、なんですよねえ、やっぱり、こういう和猫が、あたしなんかは好きだし、一番可愛いなあ、と言い、ツネコの件に関してはそれ以上一言も触れず、六月に都心のデパートで開く生花の流派展の写真を撮ってくださいませんか、という話をし、紅梅荘の八重桜を賞め、この庭にはずいぶんいろいろな樹がありますねえ、と感心し、ノラちゃんの兄弟がもらわれて行くさきのおとうさんにノラちゃんと一緒に御挨拶、と言ってやって来た大家のバアさん相手に、もう一度八重桜の見事さと庭木の豊富さを感心してみせ、なんやかやと話をしているうちに、大家のバアさんのお花の師匠が、江古田の家元の祖父だったということがわかったりして、キャアキャアはしゃぎ、お宅様がおもらいになった猫さんも可愛らしゅうございますけど、あたくしねえ、息子のとってた少年倶楽部のノラクロのファンだったざんすから、どうしても、このノラちゃんが気に入ってしまいましてねえ、なるほどそっくりですよ、星付きの首輪を作ってやらなきゃなりませんねえ、おや、ほんとに、アプリケしてねえ、ホッホホ、などと話し込み、江古田の家元が帰る時になると、タマさんや、お別れだよ、と言ってタマを抱きあげて仔猫のそばに連れて行くという余分なふるまいまでして、とにもかくにも、タオルを敷いたダンボールに入れられ、落着かな気に毛を逆立て気味にしてミイミイ、ニャアニャア、針のようにとがった歯と桃色の口腔を見せながら鳴いている二匹の仔猫は、白いポルシエの助手席に乗って無事出発し、タマがいなくなってしまった五匹の仔猫を見つけようとして、ニャアニャア呼びたてると、ホラ、タマさん、ここにノラちゃんがいますよ、と大家のバアさんが仔猫をあてがい、それでも数が不足なので、思い出したように他の仔猫を探そうとしてウロウロする、という日が二日三日続いた後で、仔猫のことはすっかり忘れ普通の猫に戻り、昼間は熱心に眠り、夜になるとブラリと外に出かける、という平凡な猫の日常に回帰したのだった。

その頃には八重桜もすっかり散って、何本かの薄いピンクと濃い赤の牡丹が咲きはじめ、牡丹の植えてある花壇の土が柔らかいものだから気持が良いらしくタマもノラも、そこにうっとりすわり込んで大小便をし、最初は大小の白黒ブチの猫がピンクと濃紅の牡丹の花の下にうっとりすわり込んでいる図は、絹地に描いた日本画みたようだ、などと言っていた大家のバアさんをわずらわせ、元英語教師のジイさんは、何を思いたったのか、スケッチ・ブックに猫のスケッチを描いたりして、まあ、平穏無事というかなんというか、ぼくはと言えば、もちろん猫写真家ではないから、タマもノラも、それを写真に撮るなどという発想は全然なく、ポルノ写真家が小まめにシロウト娘のいやはや汚ならしいヌードを撮ったフィルムをプリントするアルバイトをしたり、それに準ずる、かなり悲惨なアルバイトをしながら、何やかやの手続きがすんで、遺書によると三百万もらえることになっている死んだおやじの遺産が銀行に振り込まれるのを待っていた。

保険金の受取り人の名義を先妻の息子たちからぼくに変えるという、おふくろのもくろみは、時間切れで成功せず、おふくろの計算では一億か二億だったはずの保険金はふいになり、とうさんはしっかりしてたから資産はほとんど会社名義になっていて、あたしに来たのはほんのチョッポリだったから、それは老後のために減らしたくないし、あんたのもらった物を、どうだろう、冬彦にあげたら、なんて思ってるんだけど、と、黒いシャネル・スーツに猫の毛がつくのをいやがって、タマをシッシッと煙草の煙を吹きかけて追い払いながら、おふくろは理不尽なことを言い、いやだよ、と言うと、だって、それくらいいいじゃないの、あんたが出版社に入れたんだって——もっとも倒産しちゃったけど——藤堂の逸夫さんのおかげだったんだし、それはそもそも、あたしが藤堂と結婚してたからで、今度の遺産の三百万だって、あたしがとうさんと一緒になってなきゃ、無いはずのお金なんだもの、あんたはかあさんとずっと一緒だったけど（本当は、ぼくがガキだった時分に家出して、不動産屋と結婚してぼくを引き取ることになったのは、おばあちゃんの死んだ小学校三年の夏だったのだが）、冬彦はさあ……、かあさんの罪ほろぼしだって思って、あきらめてくれないかねえ、と訳のわからないことを言うのだった。もともと自分で稼いだお金じゃないんだし、そうしたほうがあんただって、兄さんに対して気持よかない？

全然よくない。

そうかなあ。じゃあ、半分、あげたら？

やるつもりもないし、第一、あいつは受け取りゃあしないよ。

そうかなあ。

決ってるじゃないか、無神経なやり方だよ。

そうかなあ。

そんなに何かしてやりたいんだったら、あんたのお金を遺産に残してやったら？

だって、そんな物、残りゃしないわよ、残るはずないじゃないか。

という具合にラチがあかず、おふくろはどうしても冬彦にいい所を見せたいのだが、自分の金を使うのは気がすすまないらしく、まあ、いいか、京都に行って三人で御飯食べようか、かあさんのおごりで、と言い、ぼくとしては、これは一体なんなんだろ？　この眼の前にいる化粧の濃い年取った女は？　という気持で、気のない調子で、ああ、いいんじゃない、と答えると、それがいいかもしれないねえ、と、エン然と微笑を浮べ、これからの計画で何かと忙しいからと言って香水の匂いをそこいらに残して帰っていった。とても疲れた。

それからしばらくして、アレクサンドルがふらりとやって来た。

仔猫はどうした？　というのが挨拶ぬきの第一声で、ああ、みんなもらい先きに片づいたよ、と答えると、もらい手の身許は確かなんだろうね、というのがアレクサンドルの返事で、自分の身許もはっきりしないくせに良く言うよ、お前は、とぼくが言うのに対し軽蔑的に鼻を鳴らし、おれの言ってる身許というのは、中国残留孤児が確かめたがってる類いの身許じゃないのよ、わかってるだろ？　猫に対してちゃんと責任を取る人物かって、ことよ、とお説教口調になり、ぼくは益々苛立った。

　きみ、アレクサンドルくんよ、じゃあ、あんたやツネコさんは、猫に対してちゃんと責任を取る人物なのかよ。

それとこれとは話がまるで違うじゃないか。だって、ツネコはタマをぼくにたくしたんだし、ぼくはぼくで、夏之さんみたいなしっかりした人物にタマをたくしたんだぜ。タマを捨てたり保健所で殺させたりしたかよ、おれが。だから、見なよ、ほらあ、ねえ、タマはこんなに充ち足りて幸福そうじゃあありませんか。いるんだよ、無責任な飼い主がさあ、手がかかりすぎて面倒になっちゃって、遠い所に捨てに行ったりさあ、猫をカッターナイフで切っちゃったりする陰湿な変質者だっているし、わかったもんじゃないんだぜ、世の中は。

ああ、みんな可愛がってくれそうな人たちだよ。

そんなら、いいけどね。あれからどうしてたのさ、相変らずヒマそうだけど、こっちはさんざん、しばらく亀井のおばさんちにいてね、麻雀やろうってんで面子《メンツ》を集めたら、おばさんの友達で大井でスナックをやってる女がいてさあ、あんた何してるのってきくから、今は失業中だって言うと、じゃあ、家で働く？　なんて言うんで、大井の飲食店街にあるスナックでしばらく働くことになったんだよ。

そこはひどくシケた店で、二階が店の女主人の住居になっていて、店の奥の三畳が空いてるから、当分ここに寝泊りすればいいと言われ、夏之さんのとこにずっと居そうろうするわけにもいかないし、タマのカンヅメ代くらいは稼ぎたいと思って、シケた店だけど、まあ、しばらくの間アルバイトのつもりで働くことにしたのだけど、おれは、ほら、自分で言うのもなんだけど、いい男だからね、とアレクサンドルは言い、スナック経営の四十がらみの女主人が、勤めはじめた最初の夜から、店を閉めた後で、さっそく三畳の部屋にやって来て、やって来たからやらないわけにはいかなくなったんだけど、これがもう、クドイのクドクないのでヘキエキとして、三日目の夜まではガマンしていたけど、今日、店の金を、バーテンダーの分と、夜のお相手代の分も含めて勝手にいただいて、こうして今はここにいるのだ、と語った。

そんなわけで、ハンパな額だけど金は少しあるから、おごってやろうと思って。でもその女は、おばさんの友達なんだろ？　金を持ち逃げしたことが、すぐばれっちゃうんじゃない？　おばさんに電話して、弁償しろなんて言うかもしれないじゃないか。

なんて心配性なんだろうねえ。それに持ち逃げなんかじゃないぜ。給料の自己申告制を一歩すすめただけじゃねえか。

それと、売春行為ともいえるよ。

まあ、見解の相違ってことは、お互いにあるけど、どっちみち、あんただって金はねえんだろ？　そんなら、グズグズ言ってないでさあ、どこかで飯を喰おうよ、とアレクサンドルは言い、まだ少し時間が早いかなあ、と言いながら座ブトンを二つに折って頭を載せ、横になったまま、かたわらで眠っているタマの肢を前後に長く伸し、猫ってものはさあ、やーらかいって感じがしない？　と、したり顔とも嬉しそうともつかない、どことなくずるそうな笑い方をして言った。

やーらか、だよ。ちょっと何か書くものかしてよ。

　アレクサンドルは、渡してやったメモ用紙とボールペンで、金クギ流の平仮名で横書きに、〈やーらか〉と書き、こうだよ、と満足そうに言った。〈や〉の上に突き出てる棒二つが耳なんだよ、〈つ〉が顔で、〈＼〉は前肢、音びきの棒が猫の胴体で、〈ら〉はちょっと曲げている後肢の右、〈か〉の〈カ〉は尻と後肢の左で〈、〉はもちろん、オッポ。


　それからぼくらは高田馬場の台湾料理屋へ行き、あれこれ注文して食べたり飲んだりし、まかせといてよ、ゆうべは第二土曜日で、銀行が休みだったからね、金曜日の売り上げ分も一緒になってて、シケた店の割には二十万近くあったんだぜ、豪遊させてやるからよ、夏之さん、あんた、あっちの方はどうしてるのさ、コレがいるとも思えないしさあ、おれは金出して女抱く趣味はないけどね、もったいねえよなあ、でも、今夜あたりは、夏之さん、どうですか、二人でソープ・ランドに行こうよう、三日間、おばはん相手にサーヴィスしっぱなしだったからね、芯が疲れていけねえや、とアレクサンドルは言うのだったが、ぼくは、いいよ、いいよ、それよりお前、お前は反対するかもしれないけど、タマに不妊手術受けさせるんだから、その手術費用を払ってくれよ、と、ウズラとヤツガシラの炒め煮の、小さな小さなウズラのもも肉の骨を皿に置きながら言った。

案のじょう、アレクサンドルはプンプン怒りはじめ、そういうのは動物の生命というものを無視した人間のエゴイズムじゃないか、と以前にも言ったとおりの、朝日新聞の論壇時評をやっていた東大の社会学の教授の意見に共感をこめて賛成し、仔猫をたとえ自分の手で殺したとしてもだよ、その痛みを生物の一員として引き受けるべきじゃないのかよ、猫は自分の意志で手術を受けるわけじゃなくて、人間の都合で、生物として片輪にされちゃうんだぜ、といきまいた。

それは立派な御意見ですけどね、メス猫の立場で考えてみようじゃないか、と、ぼく。実は、ぼくはアレクサンドルに、と言うことは東大教授（もちろん、男）に反論するための手引き書（桃子のおばさんが、これ読んでアレクサンドルに反論するといいよ、と貸してくれた「暮しの手帖」に載っていたエッセイ）を、ちゃんと読んでいたので、きみは富岡多恵子って知ってるかなあ、と言うと、知らない、とアレクサンドルが答えたから、そういう作家がいるんだけど、と言うと、それはメジャーな作家かよ、ときくので、もちろんそうさ、で、彼女が書いてたけど、猫の経産婦って、仔猫を産むたびごとに、眼に見えておとろえて行くんだよ、人間の経産婦も昔は何人も何人も子供産んだから、その分胎児や子供に栄養を吸い取られて、早くふけちゃったわけだよ、猫だって同じで、胎児に栄養を吸い取られ、仔猫にはお乳を吸い取られ、一回産むたびに、腰のあたりなんかゲッソリやつれて、毛並みも艶がなくなって抜けちゃうしね、身体もすっかり弱って、彼女が飼ってる猫じゃあないんだけど、近所の野良のメス猫がね、相談にやってきたんだって。猫が相談にきたの？　と、アレクサンドル。もちろん、不妊手術を受けたいと思ってるけどどんなもんだろうかって言ったそうだよ、で、富岡多恵子としては、もっともな悩みだと思ってね、やっぱり受けたほうがいいって答えて費用を出してやったんだってさ。

うーん、とアレクサンドルはウズラの骨を銜えたまま考え込み、それは猫の意志なんだね？　猫が、手術を受ける、と言ったんだね？　と念を押し、隣りのテーブルの若い男と女がヘンな顔をして彼の方を盗み見し、ぼくは、もちろんさあ、彼女は実にジニューインな作家ですからね、嘘は書かないよ、と強調し、タマも同じ考えだってさ、読んでやったんだよ、その文章をね、そしたら、まったく共感する、あたしは自分の身体をボロボロにしてまで子供を産みたくないなあって、言ってたぜ。

そうかあ、タマはそう言ってるのか……

そうそう。

じゃあ、しょうがないねえ。

そうそう。

いくらかかるんだよ、費用は。

調べればわかるけど、二、三万てとこじゃないの？


そういうわけで、次の発情期が来る前の、夏の初めにタマは手術を受けた。卵巣を切除する手術のほうが簡単で費用も安いのだけれど、猫の身体のためには、ホルモンの関係や何やらで子宮を切除する方法のほうがいいと獣医が言うので、どう違うのか、一つピンと来ないきらいがあったけれど、なんだかいかにももっともらしく聴えたので、じゃあ、そっちでお願いします、ということになり、前の晩はエサを与えず、朝、おしっこをさせてから連れてきてください、と言われたのでタマを革の機材入れのバッグに入れ、動物病院に連れて行った。

その日には、アレクサンドルも一緒に来るはずだったのに、約束の時間になってもあらわれず、どうせそんなことだろうと思っていたので、目白通りの動物病院に猫入りのバッグを下げて一人で行き、タマはおしっこをすませたはずなのに、注射におびえて、おしっこをもらした他は、思っていたより簡単に手術はすんだものの、下腹に包帯を巻かれて、まだ麻酔がさめていないのでぐっすり眠っているタマを見た時は、なんとなく痛ましい感じがした。家に戻ってダンボールのなかに寝かせ、やがて眼をさましたのだけれど、人間と違って、手術をしたのにすぐに動きたがるものだからハラハラしたけれど、抜糸するまでは、いかにも病人めいた様子でグッタリしていた。

アレクサンドルはうんともすんとも言ってこないまま、抜糸する日が来たので、またバッグに入れてタマを病院につれて行き、医者が包帯を取ると、あーあ、こりゃあ、かあいそうだったねえ、と言うので、手術がうまくいかなかったのかと、一瞬ドキッとしたのだったが、ホラ、見てごらん、と言われて傷口のあたりを見ると、毛をそった傷口の周辺の、包帯に覆われていたあたりに、黒い粉状のノミのフンがびっしりかたまってこびりつき、夏場の手術はこれがねえ、かあいそうなんですよ、よしよし、かゆかったねえ、と言いながら医者がアルコール綿でノミのフンをぬぐい取り、タマはニャアと悲鳴をあげ、その後で抜糸もすんで——痛がって、ビャア、と鳴きはしたが——またバッグにいれて家に戻った。タマはバッグの中から飛び出し、後肢の片っぽを持ちあげて傷口のあたりの下腹をペロペロなめ、まだ残っているヨードチンキの味が気に入らなかったらしく、クシャミをしてから前肢で口をしきりにぬぐい、それから、また下腹を丹念になめはじめ、しばらくそうしていてから、何事もなかったように身体を伸してアクビをして、しっぽを振りながら外に出て行った。

アレクサンドルからは葉がきがときどき、「タマはどうですか。すっかりお世話になっちゃったね。ぼくは今、急に入ったヴィデオの仕事で、伊豆にいます。タマによろしく。伊勢エビをお土産に持っていきます。ALEX」と書いてあった。

ぼくはタマを大家のバアさんにあずけて、ニューヨークに行こうと思ってる。三百万は銀行に振り込まれたし、もう六年も暮した目白にあきあきもしたのだ。タマはタマで、どうにか生きていってもらいたい。

薬玉
くす だま

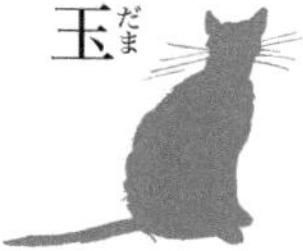

ウエマシャ?

と、大声で言いながらアレクサンドルが庭から入ってきた。

なんなんだよ、どうしたんだ、お前、と言うと、パルドン・ムッシュー、シルヴプレと言って縁側にすわりこみ、ウエマシャ?　タマはどう?　と答えるので、馬鹿がフランス語のつもりなのかと思って、きみ、マ・シャってことはないだろう、そのつもりならタマを連れてってくれよな、と言ってやった。

まあまあ、夏之さん、お土産もあるんだよ、アワビとサザエとアジと、それからワサビとワサビ漬け、伊豆から帰ってきたんだからね、ちょっと待っててよ、と言って生がきのとこに停めてある、なんていう名前か知らないけれど、小型でいかにもスマートで派手な外車のスポーツ・カー（なんだろう）のところへ行き、運転席にいるワン・レングスのロングの女（ここから顔は見えない）に何か言って、トランクを開け、そこからかなりな大きさの白い発泡スチロールの箱を出し、また、女とごちゃごちゃ喋ってから、じゃあ、またね、と言い、車は発車し、アレクサンドルは発泡スチロールの箱の上にワサビ漬けの丸い包みをのせ重そうに両手で持って戻ってきた。タマはどこ？　元気にやってるんだろうね？　かあいそうに、大手術のあとだもんなあ。

そうでもないよ、と、ぼくは〈大手術〉という言葉について答えたのだが、アレクサンドルは、〈元気にやってるんだろうね？〉という質問の答えとして〈そうでもないよ〉という言葉を受けとったらしく、どこにいるんだよ、タマは？　だから言ったじゃないか、そういう不自然で非人間的な不妊手術なんて、最初から、おれは反対だったんだよ、具合が悪いんだろ？　鼻なんか乾いちゃってカサカサになっちゃって、毛も抜けてるんじゃないかよ、といきり立ち、ぼくはうんざりして、タマはガツガツ食欲もあるし、近所の犬を見ればうなって飛びかかって嚙みつく始末で、今も近所の犬をいじめに行ってるんだろ、と答えた。

そうかあ、あいつは気の強い奴だからね、もともと、こう、なんて言うの？　気性の激しいところのある猫でね、普段はおっとりきれいなお嬢さん育ちなんだけどねえ、と大満足の態でうなずき、伊豆で魚貝類を仕込んできたから、刺身にしてみんなで喰おうぜ、冬彦がいないのが残念じゃん？　隣りのお皿娘二人と、小説家のおばさん呼んで、派手に騒ぎましょう、と言うので、お皿娘というききなれない言葉の意味を質問すると、何も知らないいんだなあ、教養がないいんだねえ、と鼻を鳴らし、アソコが浅い、という意味ですよ、と言った。

　アの音がよく聞えなかったので、ソコが浅い、とぼくには聞え、それだったら、お前だってお皿息子じゃないの、と言った。

　ぷふっ。と、アレクサンドルは愛想良く笑い、おれはオマンコを持っちゃいねえよ、無教養な奴だなあ、隣りの小娘たちはだね、いかにもアソコが浅そうな貧相なケツしてるでしょう、と言うのだった。ああ、そうか、なるほどね、とぼくは笑い、こういうのは悪口ということになるのかな、と思った。

　それはいいんだけどね、ぼくはこれから中野に行かなきゃいけないんだ。中野かよ？　サン・プラザに行くのう？　なんかコンサートやってんのかい？　違うよ、仕事、仕事だよ。仕事？　へえーっ、そりゃまた珍しいじゃねえか、どんな仕事なんだよ？　どんなって、知りあいのカメラマンが自動車事故でケガしてね、そいつのピンチヒッターで、なんとかって言う小説家の写真を撮りに行くんだよ、三カット、ワンカット一万五千だっていってたけどなあ。そりゃあ、安いのかよ、高いのかよ？　普通じゃないの？　ふうーん。まあね、パチパチっと、撮って帰ってくりゃあいいんだから、まあ、三時間で戻ってこられるよ、だからさあ、それまでに、アレクサンドルくんは、お刺身の準備したり、お皿娘たちに買物に行かせて、仕度しておいてよ。おっ、調子のいい野郎だね、まあしかたないな、そうしておくよ、と言うので、アレクサンドルは隣りの女の子たちに声をかけ、女の子たちは、うわあーい、豪勢じゃんか！　とはしゃぎ、ぼくは女流小説家に電話をかけて、これこれしかじかだから、どうぞ、と言うと、女流作家は、あっ、いくいく、じゃああたしは田中屋でお酒を買って持ってく、と、電話を切るなりこっちに向って出発するといわんばかりの勢い込んだ調子で答えたので、ぼくは、これこれしかじかだから、四時間後くらいに来てください、と言うと、馬鹿そうに見えるけれど桃子は小さい旅館の娘で、子供の時から自分で御飯作ってたし、アワビもサザエもアジも、ちゃんとおろせるから、まあ存分にこき使ってやってよ、と嬉しそうに言い、それから、ますます嬉しそうな声で、へえーっ、彼の写真を撮りに行くの、と言うので、彼の小説、読んだことある？　ときくと、あたしはさあ、囚われの女の登場人物でも話者でもありませんから、そこまで痛烈な言い方は出来ないいんだけど、それでも「文章は豚が書いたみたい」という言葉を引用することは出来るわね、とクスクス笑った。プルーストって、そんな口汚いこと書くんですか？　とぼくが言うと、そうよう、おもしろいんだから、と女流作家は答えるのだった。

　豚でもなんでもワンカット、イチゴーだし、それに、文章を撮るわけじゃないんだから、いいんじゃない？　というのが女流作家の意見で、ぼくは友人から昨日借りておいた機材を持って出かけようとすると、桃子ちゃんと花子ちゃんが、今ね、アレックスと相談したんだけど、どうせなら、ウニとかイクラなんかも買って、後でおすしを食べようってことになったの、だからね、これから自転車《チャリンコ》でひとっぱしり美濃藤に行ってくらあ、と手を振ってチャリンコで出かけ、アレクサンドルは、大家のバアさんに飯台を借りてくる、と言い、よう、夏之さん、電車賃もってるのかい？　と声をひそめ、ま、持っていきなよ、と五千円札をジーパンのポケットにねじ込み、ついでにジーパンの上から睾丸をなでるようにして、おれのおふくろの情人《おとこ》だった朝鮮人のパチンコ屋がいたんだけどね、そいつは、千円ふだって言うんだよね、おふだって言いやがんの、と言い、じゃあ、行ってらっしゃい、と笑った。

　小説家は普通の建売住宅に住んでる普通の濃さの無精ひげをはやした五十男で、文章はともかく、見たところは豚に似ているというわけでもなかった。ピンポーンというメロディーのどうも軟弱に聞えるブザーを押して、インターホン越しにやり取りがあって、ぼくは部屋の鍵をかけておくことがないものだから、そのつもりでドアのノブをまわして入ろうとするとしっかり鍵がかかっているのだった。やがてドアの小さな覗き用レンズを覗いているような気配があって鍵を開ける音がして、ようやくドアが開き、ラコステの白いポロシャツにベージュのチノクロスのタック・パンツにグリーンのソックスでおしゃれした特性のない男に、玄関わきの、応接間というかまあそういう部屋に招じ入れられ、名刺を渡し、よろしくお願いします、いや、こちらこそ、などというやりとりの後で、小説家はコーヒー・サイフォンにお湯を沸かし、カップとソーサーをセットし、さて、コーヒーの粉を入れる時になって、コーヒーの入っている容器が空っぽだということに気がついてあわてた。

ああ、困ったな、香りがとんじゃうから、いつも少量ずつ買ってくるんだけど、もうなくなってるとは気がつかなかった、と作家は困惑し、ぼくは、どうぞおかまいなく、と如才なく答え、挽き売りで買ったコーヒーは密閉容器に入れて冷凍庫に入れておくと、香りがそんなに早く抜けませんよ、と教えてやり、部屋のなかで二カット分ほど撮り、残りのワンカットは、『エンゼルハート』の時のミッキー・ロークのヨレヨレの麻のジャケットがかっこ良くてねえ、と麻のジャケットにスニーカーというスタイルにお色直しをしてきた作家の要望で、夕陽の沈む高層ビル群をバックに歩道橋の上にたたずんでいるところ、を撮った。ぼくは、借り物のハッセルを覗きながら、なるほど、それで無精ひげをはやしておいたんだな、と思い、あっ、キマッてますよ、そのまま、そのまま、いいですねえ、カラーじゃないのが残念だなあ、と言い、あっ、そうだ、これをかけたらどうかなあ、凄くキマルと思うけど、と提案して、ウエリントンタイプの濃い緑色のサングラスを渡し、そうそう、ミッキー・ロークでキマリですね、などとも言った。作家は軽く薔薇刑してしまうのだった。

人物を撮る時っていうのは、まあ、相手と四方山話をするわけで、小説家の前には文芸評論家と助教授の対談の写真を撮ったんだよね、これもピンチヒッターだったわけだけれど、と、ぼくはアワビの刺身をかみながら言った。ああ、本当に海の香りがするねえ、これ、ステーキで食べてもおいしんだよね、あの批評家は如才がなかったなあ、適当に下品で、あれだったら、三井でも丸紅でも充分重役コースの部長で通用するよ、東芝機械なんかに置きたい人材だなあ、と言うと女流作家はクスクス笑い、もっと自分はエライと思ってるわよその人、と言い、魚と貝の匂いをかぎつけてすっ飛んで帰ってきたタマと、大家のバアさんのところのノラクロの大小二匹の猫は、耳をピンと立て眼をまん丸に見開きヒゲをピリピリ期待に震わせ、おっぽを立てて揺らせながら鼻にしわを寄せ桃色に濡れた、獰猛という言葉があてはまらないでもない口を開きニャアニャア鳴きたて、女流作家のおばさんは、ちょっと、あんたたち、猫にはアワビとサザエをあげちゃ駄目なのよ、そういう物を食べると猫は腰を抜かしちゃうんだから、やっちゃあ駄目よ、猫にはアジのタタキでいいんだからね、と、料理を作っている桃子とアレクサンドルを振りむいて念を押し、しみったれて言ってるんじゃなくて、本当のことなのよ、と猫たちに説明した。それで助教授の方は無骨なでっかい指に剛毛がはえててさあ、でも妙に繊細な手つきをするんだよな、と言うと、時任謙作みたい、と女流作家と桃子が異口同音に言い、アレクサンドルが例によって、誰なんだよ、それはと口をはさみ、花子が利口ぶって、普通、志賀直哉のことだって言われてるよね、と答えると、アレクサンドルは、自分がポルノ・ヴィデオに出演して肉体で稼いだ金で買ったアワビとサザエとアジとワサビやその他を食べながら、おれにわからない話をするなよ、とプンプン怒った。ごめん、ごめん、とぼくは言って、シャトー・なんとかというバーゲンで一本二千六百円のワインを一口飲み、それから、さっき撮影してきた小説家が、パチンコのチューリップが開く時ってのはエロティックだと思う、と言っていたと話した。女流作家はしらけて横を向き、ね、だから豚なみだって言うのよ、と言い、桃子と花子は、ねえねえ、どうしてパチンコのチューリップがエロなのよ？　とわざとらしく質問し、ぼくは、そんなこと知りませんよ、と答え、アレクサンドルはあきれて、なんだよう、そういう童貞の中学生みてえなことを言ってて、よく作家がつとまるなあ、夏之さん、あんた、からかわれたんじゃないの？　若くみられてよ、おっ開いたところに玉が入るなんて聞いただけで、うでエビみたいになる超純情青年に間違えられてさあ、と言い、女流作家は、真面目な顔をして、でもね、この世界は、小説に玉男という名前の青年が登場すると、「玉男という、その名も象徴的にエロティックな名前を持つ男」なんて批評が通用しちゃうところなんですよ、と言った。それ、もしかして金玉のこと言ってんの？　とアレクサンドル。それじゃあ、タマちゃんはどうなるのよ、この子は、まあ子宮はもうないんだけど、メス猫だぜ。うん。と女流作家。まあね、睾丸と男根の区別のつかない批評というのがあるわけよ、子宮と卵巣と膣の区別がつかない小説があるように。

　気がついてみるとタマとノラクロは部屋のすみでぐっすり眠っていて、つい桃子ちゃんの呼び方が移って、おばさんと呼んでしまう女流作家も、おばさん、とつい呼んでしまうだけのことはあって、猫たちの近くで座ぶとんを二つ折りにしたのに肱をついて横になり何回もアクビをして、みんなのヒンシュクを買い、タマが眠りながら発した音のないおならを鼻づらにまともに浴びながら身動きもせず顔をしかめ、タマちゃんのおならはクサイクサイ、と言ってグウグウ眠ってしまい、甘美な熟寝《うまい》の中でたっぷりと自己充足を生きている猫の穏やかで全身的な眠り方にくらべて、あたしだってひけをとるもんじゃない、と女流作家は言いたいらしいのだ。それは可能だろうか？　よくこれで小説家をやってられるもんだ、とぼくらは大した意味もなく言いあい、アレクサンドルがサザエのツボ焼きを楊子でつまみながら、麦焼酎をグイグイ飲み、考え深そうに、睾丸と男根の区別がつかないってさっき彼女が言ってたけど、おれは〈ネコイラズ〉と〈ネズミイラズ〉の区別がつかなかったなあ、と言った時、電話のベルがなった。

　出てみると京都に戻った冬彦からで、先日は御迷惑おかけしたうえに好意に甘えさせてもらっちゃって、本当に申し訳なかった、と言い、それから少し間があって、人生は小説より奇なり、というけどほんまやね、と言うものだから、それは、事実は小説より奇なりっていうんじゃないのかなあ、と答えると、うーん、と言葉につまって、それでもなかなか自分の間違いを認めたくないらしく、厳密に言えば、まあ〈事実〉が正しいわけですけれど、こないだの経験でぼくがショックを受けたのは、〈事実〉というよりむしろ〈出来事〉に対してで、人生というのは、事実の連続というよりはるかに出来事の連続あるいは不連続と言うべきものじゃないだろうか、と、自分がみた患者というわけではないけれど、と前おきして、二、三の臨床例を説明した。

ネコイラズって、ネズミをとるために仕かける毒餌のことでしょう。

毒餌じゃなくて、毒のことだよ、毒薬。

ああそうか、そいでネズミイラズってなによ?

あるんだよ、そういうものが。カアバードのことだよ。

食器だな?

食器入れ兼食品入れ、だね。ネズミが入っちゃあ、困るでしょうが。ネズミが入れないようにしっかり作った戸だなのことで、年寄りはそう言ったね、台所にあってよ。ネズミが入れないから、ネズミイラズってんだよ。

ネズミが入れないんなら、ネズミイレズだっていいじゃん? と花子。

でも、それじゃあ、戸だなが主体化されすぎちゃうよう、と桃子。あんたはねえ、だいたい、ヌカ漬けのことだって、古漬かりって言うでしょう。あれだって、本当は古漬けってのが正しいのよ。

そうだよ、だから、ネズミ入ラズ、ネズミが入らない、という中性的表現がいいの、とアレクサンドル。ばあちゃんたちは、ネズミラズって言ってたけどな。

だってよう、家じゃあ、おやじもおふくろも古漬かりって言ってたよ、と花子。

あんたんちの両親、ヘンなんじゃない？　とアレクサンドルと桃子。

事実というのはやね、たとえば、ぼくとあなたが父親違いの兄弟だってことですよね。でも、それを知るということは、まさしく〈出来事〉、〈事件〉いうてもいいんやないかと思うけど、そういうもんとして起きたんや。起きたことが、小説より奇なりとぼくは言いたかったんですわ。あなた方が話してはったダニエル・シュミットの『ヘカテ』いう映画、京都で見させてもらいました。あれかて、事実やなくて、出来事が事実へと純化される物語やありませんか。

えっ？

だからさあ、どうしてネコイラズとネズミラズの区別がつかなかったんだよ？

いや、こっちの話。

どなたかお客様でも……

いえ、いいんです、アレクサンドルだから。

ああ、じゃあ、後で彼と話がしたいですねえ。

そうね。

だってえ、ネズミラズを知らない少女たちに、それが何かを説明しなきゃ、話が先にすまないよ。誰なんだよ？　冬彦かあ。チェッ、また泣きごと言ってんのかよ、ツネコは死んだって言ってやんなよ、赤ン坊と一緒に。

あのねえ、そういう話をするために電話してきたの？

ああ、つい横道にそれてしまいましたけど、もちろんそうではなくて、あなたは、例のアンダーソンの写真についての原稿、もう書いてしまわれたんでしょうけど、昨日のことなんですが、パリに留学中の院生から手紙がきましてね、今、むこうじゃ、アマンダ・アンダーソンの写真がなかなかの評判なんだそうです。「ズーム」という写真雑誌の最新号で特集やっておって、未発表のポルノ写真が紹介されてるらしい。

ほんと？　と言ったぼくの声は、自分の耳にも異様に聞えるほど、かすれていて、少し震えていたかもしれず、顔色だって多少変っていたのかもしれない。アレクサンドルと少女たちは、ちょっと驚いてお喋りをやめ、アレクサンドルが、どうしたんだよ、何かあったのかよ、と質問し、ぼくは首を横に振った。

雑誌を別便で送ってくれたというから、近いうちにとどくと思うけど――内容が内容だけに日本の書店では手に入らんでしょう――そしたら、あなたのとこにすぐお送りしますけど、なんでも、アンダーソンの姪の娘のスワンソンという女性はフランス人と結婚してフランスに住んでるらしいんだけど、その娘がね出版することにしたらしいんですな。「他者としての花輪」とかいう文章を、知ってますか、トゥルニエという作家が書いてるらしいよ。

そう、なるほどねえ、とぼくは答え、それから、わざわざ、知らせてくれて有難う、と言った。

いやいや。でも、あなたがアマンダ・アンダーソンの写真の日本での最初の紹介者にはちがいないわけですよ。それに、あんなに見たがってた、彼女のポルノ写真も初めて見ることが出来るんだし。パリの出版社に手紙書いて、きみのところに写真集が出たらすぐに速達のエアメールで送ってくれるように注文しときました。請求書はこっちにとどくようにしときましたから。きっと、日本では一番早くあなたがその本を見ることになりますよ。

それが何だっていうんだ、と言ってやりたかったけれど、まあこの男は好意で言ってるつもりなのだし、ぼくがアマンダ・アンダーソンの写真を暗室の作業として、ようするにプリンターとして見たいのだと考えていたことを知っているはずもないのだから言ってもしかたのないことだと思いはしたけれど、望みというか夢想はごく簡単に、なんて言うべきなのか、裏切られたわけでもないし、終ってしまったというわけでも、挫折したわけでもなく、ようするにごくあっさりと絶ち切られ、もともと、そんな〈夢想〉も〈希望〉もありはしなかったのじゃないか、という気がした。

　ああ、それは楽しみだな。

　ええ、そうでしょう。期待どおりの写真だといいですねえ。

　それから、ネコイラズとネズミイラズをどのように混同してしまっていたかを説明しているアレクサンドルが電話をかわり、ツネコからは何の連絡もないよ、と言った。

　不思議なもんやねえ、と冬彦は言ったそうだ。何がなのよ？　とアレクサンドルが言うと、あなたがたごきょうだいにしても、ぼくらにしてもそうなんだけど、親に縁が薄いんだなあ、と冬彦は感に堪えたように答え、アレクサンドルは、関係ねえよ、一緒にしないでよ、と答えた。刺身も料理も酒もまだいっぱい残っていて、それにまだ誰も、アレクサンドルの用意した、手巻きのり巻きずし、というのを食べていなかった。ほんとは、いろいろ考えなくてはならないこともなくはなかったのだが、発掘されていないオリジナルな作品の発見者たろうという考え方が、もともと姑息だったのかもしれないよなあ、という気もして、こうしてすぐに自己反省しちゃうとこがどうもね、とも考え、ニューヨークへ行く理由もなくなったなあ、とも思い、それでも、それとは関係なく遊びに行ってくればいいわけだしなあ、とも思い、欠けてしまった左の奥歯をかばってサザエの刺身を食べていたので、ほっぺたの内側の薄い肉を一緒に噛んでしまい、後で歯みがき用の口腔内を見るための鏡で覗くと小さな米粒くらいの血豆が出来ていたのだが、小娘たちは何がおもしろいのか内緒話をしてクスクス笑い、ごめんください、ノラちゃんがお邪魔してるんじゃないかと存じまして、と大家のバアさんが縁側から声をかけた。タマと一緒に眠ってますよ、と答えると、ノラちゃんはまだタマさんのことが恋しいんでございますねえ、と笑い、眠ってるところをかあいそうだけれど連れて行く、と言い、ノラを抱きあげて渡してやると、まあまあお腹がこんなにパンパンになっちゃって、ノラちゃん、あんた、夏之さんのお家で御馳走になっちゃったの、チャッカリ屋さんだねえ、と言った。タマもしょっちゅうお宅で御馳走になっちゃうから、タマのほうがチャッカリ屋ですよ、とぼくが言い、バアさんは、まあ、いい匂いですこと、サザエのツボ焼き拵えていらっしゃるのね、この匂いに誘われてきちゃったんだねえ、ノラや、と言ったけれど、むろん、このバアさんがそうやって要求がましいことを言ってるのではないことは知っていたし、歯があたくしどもは駄目でございますから、もう匂いだけで充分、と言うこともわかっていたので、アジを二尾とワサビ漬けを召し上ってくださいと皿にのせて渡すと、裏庭の井戸のところにタデが生えているから、皆さんもアジを塩焼きで召し上るのだったら、タデ酢を拵えてもってくる、と言うのだった。タデ酢かあ。タデ喰う虫も好きずきって申しますから、若い方のお口にあいますかどうか。いや、ぼくは好きなんだけど、もうずい分長いこと食べてないなあ。それじゃあさっそく拵えてお持ちしましょうね、と言ってバアさんは片手に仔猫、片手に皿を持って縁側に座り込み、あらあら、先生はおやすみになってらっしゃるのね、お疲れなんでございましょうね、と言った。

そうかあ、裏庭の古井戸のところにタデがあったのかあ、こないだ、アジの塩焼きにタデ酢をつけて食べることを思い出して、あれはおふくろが家出した直後で（小学校に入ったか入らないころ、というよりも、幾つの時だったのか、もう学校へ行っていたのかどうか、記憶が曖昧なんだけれど、もしかすると夏休みだったのかもしれない。あんたは何年に家を出たんだよ、そん時おれは幾つだった？　と、訊ねると、おふくろは、えーと、あれは昭和何年だったかなあ、どっちにしてもあんたはもう大っきかったはずよ、いいよう、そんなこと、と都合よくごまかされてしまうのだ）、おやじに連れられて、おふくろの行きそうな心あたりの場所を訪ねまわった時で、凄く暑い夏で、行くさきざきの庭や路地の空き地や道端に、大きな大きなぼくよりずっと背の高いヒマワリが黄色い野生動物とでもいった猛々しさで咲いていて、それから、いたるところの黒ずんだ家の塀のなかから、けばけばしい桃色の夾竹桃がてんこ盛り状態で花を咲かせ、熱い風のなかで薬玉のような花房が重くるしく揺れ、濃いオレンジ色のカンナの大きな細長い葉がほこりを被り、国電やタクシーに乗ったり歩いたりしながら、熱い砂ぼこりが顔や手足に吹きつけるなかを、何軒も何軒もの家を訪ねてまわって、あれはどこだったんだろうか、おふくろの女学校時代の友達の家かなんかだったのかもしれない、広い庭のある家で、池のコイにパンをやって遊び、帰る時に庭で採れたタデをもらい——そう、井戸で冷やしたスイカを、その家のバアさんが出してくれた——その日は魚屋でアジを買い、おやじが七輪に火をおこして庭でアジを焼き、タデ酢にアジの身をつけて食べたのだった。

井戸のまわりにタデが生えていて、地味な男物みたいな浴衣を着たその家のバアさんが、やぶ蚊にくわれながら、スイカを井戸から引きあげ、ついでにタデをつんできて、ビニールの袋に入れてわたしてくれたんだった、と思い出し、眼をさましてアクビをしてからのそのそと縁側にやって来たタマを撫でていると、タマはバアさんの持っている皿の匂いに鼻をひくつかせ、バアさんは、おや、タマちゃん、と言ってから、ふと思いついたように、井戸のところにタデが生えてるんでございますよ、井戸はね、池を埋めてこのアパートを建てました時に埋めてしまいましたんでございますけれどね、もともとあんまり質の良い水じゃございませんでしたから、夏場はスイカを冷やしたりするだけだったんですけれどねえ、とため息を吐き、ぼくは軽い目まいに襲われ、ここがそこだったのだ、と、突然気がついてしまうのだったが、すぐに、もしそうだとしたら、おふくろと大家のバアさんは知りあいのはずじゃないか、ということにも、気がついてしまうのだった。

アレクサンドルは受話器を持ったまま、バアさんに、こないだのヌカ漬けがとてもおいしかった、と愛想良く挨拶し、また受話器にむかって、じゃあ教えてやるけどね、アネキはアレキサンドリアにいるよ、そうだよ、エジプトの、アレキサンドリア、アレキサンダー大王が造った古代都市ね、くわしい住所なんか知らないよ、そこで淫売屋のマダムをやっているんだよ、と言った。若い男の子を何人もおいて、自分も少年を貪り、観光客からは暴利を貪ってるんだよね、ああ、手伝いに来ないかって電話があってさあ、おれは気がすすまないって、ことわったけどね、遊びに行くんならともかく、未成年の男の子の淫売屋を手伝うのは気がすすまないんですよ。あんたもエジプトへ行って探してみたらどうですか。ええ、ええ、もういいのかな？　いい？　夏之さんにかわらなくて。あっ、そう。ちょっと、待って。

そこでまた電話をかわり、冬彦は、アレクサンドルが今喋ったことは本当か、と、とても信用できない、という口ぶりで訊ね、ぼくが、さあ、なんとも言えないなあ、と言うと、口から出まかせを喋ったんでしょう、ぼくをからかうつもりで、だって、そんなの馬鹿気てるし、そんなの、まるで、馬鹿気てるよ、と早口で言ってから絶句し、こちらとしても何も言うことがないので黙っていると、冬彦は受話器を握りしめながらすすり泣いているらしく、しかたないので、ぼくは、アレクサンドルが嘘をついてからかったのだと言ってますよ、と嘘をつき、それでもすすり泣きをやめない相手に、いくらか怯えさえ感じながら、だから、もう電話を切るけど、じゃあ、まあこんなところで、とぼそぼそ言いながら電話を切って、ちょっと、お前、あいつをからかうのやめてくれよ、泣かれて焦ったぜ、とアレクサンドルに言ったのだが、彼は全然動じずに、ネコイラズとネズミイラズをどう混同してしまったか、という話をむしかえしているのだが、ポカンと口を開けて、アレキサンドリアの淫売屋の話を聞いていた隣室の女の子たちは、ネコイラズとネズミイラズの話には、とてももう興味を失ったという顔付きで、おざなりにウンウンとうなずき、まだ裏庭にタデを採りに行かずに縁側に座って話を聞いていた大家のバアさんは、アレクサンドルが東京の下町生れの不良然とした話し方をすることに何の疑問も持たず、そりゃあ、そうでございますねえ、外国の方には、ネズミイラズとネコイラズの区別なんて、ほんと、むつかしゅうございますわねえ、ほほほ、と笑い、女の子たちはしかたなく気のない調子で、そうですねえ、と笑うのだった。

そうした騒ぎをよそに、というか、何人もの人間が喋っている声にも動じずに女流作家は、いびきまでかきながら眠りつづけているのだった。

相当な神経だよな、とアレクサンドル。

疲れてんだよ、と隣室の花子は同情的に言い、一年間、おばさんのところに同居していたことのある姪の娘は、この人はいつもそう、疲れてなくったって、一度眠ったらなかなか起きない、とアレクサンドルに賛成した。

それからアレクサンドルが、そういえば香港土産だってんで監督にもらった海賊ヴィデオがあるんだ、なかなかの珍品だっていってたからさあ、それを見ようよ、と言った。

ポルノ？

いや、どうかなあ、中国語でタイトルが書いてあるしさあ、このケースにかいてある絵じゃあ、なんだかわかんないよな。

そうだなあ。『女人従加利福尼亜』ねえ。

加利福尼亜は、カリフォルニアじゃないの？

あったまイイ、お皿娘にしちゃあ上出来じゃんか。

なにさ、それ。

若い娘のことを、中国語じゃそういうんだってさ。女人従ってのはなんだろうなあ、女はカリフォルニアに従うってのかなあ。

そうだよ、きっと、中国人のカリフォルニア移民の話でさあ、と、ぼくは言った。ほら、このケースの絵のこのターバンみたいの巻いた娘が、すっかりアメリカナイズされてＵＣＬＡで教育受けたって感じの成功したクリーニング屋かチャプスイ屋の二世なんだな、で、この眼鏡をかけたウッディ・アレンに似てるユダヤ系アメリカ人と恋愛して、民族的な対立なんかがあってさあ、中華料理を食べられないんだよ、ユダヤ人だから、それでね、家族ともめごとがあってそのあたりがきっと喜劇的になってて、最後はメデタシ、メデタシ、というんじゃないの？　きっとそうだよ。

そうかなあ、それにしちゃあ、中国人の絵がかいてないじゃない？　と桃子が疑わしそうに言い、ぼくは、でも、女人従加利福尼亜ってのは、カリフォルニア化された女って意味じゃないのかなあ、と信じているわけでもないのに言いつのり、三人は、そうは思えない、だって、このターバン女はカリフォルニアってタイプじゃないぜ、と言うので、馬鹿だなあ、これはだから現代の話じゃなくてさあ、三〇年代か四〇年代の物語なんですよ、きみたち『チャイナタウン』を見てないの？　フェイ・ダナウェイがこんなふうのターバンしてましたよ、と調子に乗って言いはり、ま、とにかく見てみればわかりますよ、面白くないと思うけどなあ。と言ってカセットをデッキにセットしたのだった。

タイトルにはまず最初に、ウッディ・アレンの名前が出て来たので、なんだやっぱりそうだったのかと思っていると、次にダイアン・キートンの名前が映り、小さなインを間にはさんで、ア・ガール・カム・フロム・カリフォルニア、というタイトルが映し出された時には三人がゲラゲラ笑った。タイトルはそれだけで映画はすぐに始まり、それに舞台はカリフォルニアではなくニューヨークで、ウッディ・アレンもダイアン・キートンもやけにかん高い声の中国語でペラペラと早口にまくしたててばかりで、やたらと煙草とパイプをふかし、本がいっぱいあるアパートに一緒に住んでいるらしく、どうやらニューヨークのインテリなのだ。そこへやがて、キートンの知りあいらしい若い娘がカリフォルニアからやって来る。知らない女優で、いきいきとした利口そうな若い娘だ。娘も同じアパートの下の階に住むことになる。彼女は新しい仲間たちの間でも人気者で、やがて、教授かなんからしいウッディ・アレンが若い娘にひきつけられて行き、ダイアン・キートンがそれに嫉妬をするのだが、彼女にも、年下の、どうやら作家のように見える男の恋人が出来る、というあたりでアレクサンドルが退屈して、おもしろくないじゃないか、やめようぜ、と文句をつけ、いつの間に眼を覚していたのか、途中からヴィデオを見ていたらしい女流作家が、これはあれじゃないかなあ、中国語で全然チンプンカンプンだけどさあ、きっとボーボワールの『招かれた女』だと思うなあ、見ててごらん、そのうち、ウッディ・アレンのサルトルが、廊下をウロウロして女の子の寝室を覗くから、と言い、本当にそういうシーンがあったので、みんなで拍手をした。黒白の画面では、階段の上から、女の子の部屋を覗き見しているサルトルを見て、ボーボワールのダイアン・キートンが、クローズ・アップで精一杯微妙な表情の演技をし、もう面白くないので早送りにして最後のクレジット・タイトルを見ると、やっぱり、ボーボワールの『招かれた女』が原作だったので、ほうらね、と女流作家は嘲笑的に鼻を鳴らし、ウッディ・アレンて、ほんとうに馬鹿ね、と言った。

それから、バアさんが拵えて持ってきてくれたタデ酢でアジの塩焼きを食べ、手巻きのり巻きずしを食べ、片づけるのは明日手伝うからね、と言って隣室の娘二人が帰り、女流作家も五分ほど後に帰り、きみはどうするつもり？　とアレクサンドルに言うと、みんなが一ぺんに帰っちゃうとさみしいだろうから、今夜は泊ってってってやるよ、と答えた。

ああ、それはいいけど。

いいけどう？　やれやれ、つれない言い方するじゃないの。

部屋には焼き魚やサザエの匂いがこもっていて、台所の流しには魚の脂で汚れた食器やコップがいっぱいだったし、生ゴミを入れる三角コーナーもゴミバケツも、サザエとアワビの殻でいっぱいになっていて、こういう情景を見ると本当に気が滅入り、発泡スチロールの箱のなかに貝殻類はまとめて入れて、《燃えないゴミ》の日に捨てればいいのかなあ、などということを考えながらビールを飲んでいると、アレクサンドルは、そこいらを片づけて押し入れからフトンを出して敷きはじめ、今日は疲れたなあ、あんたもだろ、ひさしぶりの仕事だったからね、と言った。

本当はさあ、昼間、車運転してた女がいただろ、あの女のところへ行くつもりだったんだよ。ああ、ヴィデオに一緒に出たの、あれでも主演女優、海女役なんだよ、あのワンレンおかめは。おれは嵐で難破してたった一人浜に漂着したスペイン人のイエズス会士なんだぜ！　やんなっちゃうよなあ。

ちょうどコレと切れたところで、今一人だから、あたしのところへ来てもいいと言うものだから、おかめには眼をつぶって（もっとも、経験上から言うと、ワン・レングスのおかめ女は、嫉妬深くて、ヒステリーおこすとひっかくクセがあるのが困るんだよなあ）、転がりこもうかと思って、猫は好きか、と訊ねたところ、大っ嫌い、気味悪いわよ、毛むくじゃらでグニャグニャしてて、部屋は汚すし、裏表はあるし、と口を極めて猫をけなすので、これではとてもタマを連れて行くわけにはいかないし、タマと一緒でなければ、なにもあんな下わきがの腐れおまんこを我慢する必要などあるはずもないし、それになにより大事なことに改めて気がついたのだが、東京で、自分の知っている限り、ここ以上にタマにとって良い環境なんてないと思うし、あんたはニューヨークへ行くのだろうし（死んだ偽おやじの遺言状に書いてあった三百万が入ったら、すぐ行くつもりなんだろ？）、その間、タマと一緒に留守番しててやるつもりだ、すごく合理的な計画だと思わないか、留守の間の家賃は、ちゃんとこっちで持ちますよ、と、アレクサンドルはタオルケットの上にトランクス一枚になって寝そべって、黄金色に日焼けしてむけかかっている薄皮をポリポリかきながら提案した。

　ベストな考えでしょう！　こんなすすぼけたところでさあ、猫にレバー煮てやったり、ノミ取り用すきグシで猫の毛をとかしてやったりさあ、チンケな小説家の写真撮るバイトやるの、自分でもやになんないのかよう？　よう、夏之さん。

そうそう、と、ぼくは思い出す。おふくろが家を出て行ってしまった夏、おふくろの父親というのが、長患いで死にかかっていて、暑い夏なのに、冷房を入れると左手と左足のリューマチが猛烈に痛み出すので、扇風機が鈍くまわっている熱気のこもった部屋で寝ていた。入院するのはどうしてもいやだと言い張るものだから、看護婦が泊り込んでリンゲルをするやら、酸素吸入器をおくやらで、おばあちゃんは、都多代はもう金輪際この家の娘とは思わないから、あたしたちは探しません、小林さん、もし都多代の行方がわかっても、こちらのことを伝えるのは一切無用になさってくださいまし、と切り口上で言い（という話を、後になって何回もおばあちゃんからきかされたのだ。その時、ぼくはわあわあ泣いて、クソババア、ママの悪口を言うな、と言ったのだそうで、こっちは、おばあちゃんからきいた話としておふくろから何度もきかされた話なのだが）、それは全然覚えていないのだけれど、庭に面した八畳の客間にいると、太った医者がズカズカと入ってきて縁側にどかりと座り、手伝いの娘が持ってきた氷入りの水を一息に飲み干してから、淀んで青臭い水が底の方にたまった小さな池のある庭の上の雲一つなくギラギラに晴れあがった空を見上げ、腕組みをして、うーん、とうなり、一雨くれば病人も持ち直すんだが、と言ったのだそうで、これは、どういうつもりか、おやじがその後で何回も、その時の医者の真似をしては、一雨くれば持ちなおす、かあ、人間も植物も同しだなあ、と言っては笑うので覚えてしまったのだった。人間も植物も同しだなあ、まではいいのだけれど、それに続けて大地に根をおろしていて、そこから水分や養分を吸い込まなくては生きていけないんだよ、と付け足したのは、笑止千万というものだろう。

それから、おやじがどうなったのか、全然知らない。おふくろは、だって小林は会社の事務の女の子（紺の上っぱりを着て赤っ毛のクセっ毛を引っつめにして、思いつめたような顔つきの、なんて言ったかなあ、小林トシ子って女優に似てたね、きつそうな娘でね）と駈け落ちしたんだから、だから、あたしはお前を、おばあちゃんにあずけて働いていたんだから、と、まるでチグハグなことを言うのだったが、そんなことはどうでもいいことで、ぼくは、人間も植物も同しだなあ、という言葉を思い出し、アマンダが十歳の時、父親のカメラで撮った唯一枚の人物の映っている、「ニューポートの別荘の温室のアンダーソン兄弟」と説明のついている写真を思い出した。名前は知らないけれど熱帯植物らしい大きな剣のような厚手の葉や、人工池に浮んだ大きな鬼バス、バナナやパイナップルや、そういった類いの雑多に繁茂した植物のなかに、アマンダの兄と弟と姉と妹、それに母方の従姉妹三人が、植物のなかにだまし絵風にまぎれ込み、水着を着てむき出しになっている子供たちの手脚は植物の蔓のようにからまりあっていて、長時間の露光の間じっとしているのにあきてしまったらしく、何人かの子供はまるでブレてしまっているのだけれど、それがまた風に揺れる植物の蔓のように見える不思議な写真なのだ。「光と影の戯れ。そして、永久に失われた時が暗室のなかでよみがえった」とスワンソンは書いている。まるで、自分が暗室の作業をしたかのように、そう書いている。

そう考えるのは、根拠のない嫉妬とでも言うべきなのかもしれないなあ、とは思うし、精神分析風解釈だって、自分ででっち上げてそうした願望と嫉妬を説明することは出来るような気もするし、そうして実は、アマンダ・アンダーソンの未発表フィルムをプリントしたいという願望は、自分自身の写真を撮ることへの怖れなのだ、という結論を出せば、気が楽というものではないだろうか。

ま、そういうのもいいんですけどね。人それぞれだもんなあ、深刻になることないよ、夏之さん。

それからアレクサンドルはタオルケットを腕と脚の間に抱え込んで眠ってしまった。

　翌朝、なんだか用事があるというのでアレクサンドルは早く出かけ、片づけるのを手伝うと言っていた隣室の女の子たちは二日酔いで午後までフトンにもぐり込んでいたらしく、三時頃になって、もう片づけちゃったでしょ、と顔をのぞかせ、処女的好奇心で、ねえねえ、あれ本当？　昨日さあ、アレクサンドルが言ってた、おねえさんのこと、と訊ねた。

　デタラメだよ、と答えると小娘たちはちょっとがっかりした顔をして、本当だとしても驚かないいんだけどねえ、と言いあった。

　もちろん、驚きゃしないよ、いかにもそういうのありそうなことだよ、とぼくが言うと、彼女たちは、昨夜のヴィデオのことを思い出したらしく、夏之さんの言うことは信用しない、いい加減なこと言うんだもん、やんなっちゃうぜ、と笑い、これから竹芝にジョセフ・コーネルの展覧会見に行くんだけど、行く？　と言った。ああ、もう見てきちゃったよ、おばさん誘ってやったら？　おばさん、もう初日に行っちゃったって。そうか。

　彼女たちは出かけて行き、外出から戻ってきたタマは縁側に座りこみ、片方の後肢を耳のあたりまで高く持ちあげ前肢を広げてつっぱるようにして首を大きく曲げてお腹の毛と不妊手術の傷口を舐め、それに心いった後は、持ち上げていた後肢の先きを口のところに持ってきて指先きを大きく広げて、指と爪の間に溜ったゴミを鼻に皺を寄せながら舌と歯を使って取り除き、四つの足先き全部の手入れがすむと、今度は首を曲げて背中の毛並みを舐め、それもすんでしまうと、前肢の先きを舌で舐めて濡らして、顔を丹念に洗いはじめ、それも終ると、体をどてっと横にして、ぼくを見て、イヤーッ、イヤーッ、と二声鳴いてからしばらく咽喉をゴロゴロ鳴らしているうちに眠り込み、顔を洗ったのにもかかわらず、両方の眼頭に焦茶色の眼脂が溜ったままだったので、それを指先きで取ってやった。どうも眼脂をくっつけたままの猫は、無精ったらしくていけないよ、タマちゃん。

ふと気がついてみると、ぼくは眠りこけている猫に声を出して話しかけているのだった。

畳に寝そべって、ぼんやりしていると、本屋の帰りだという女流作家が庭の木戸から入ってきて、タマったら、ほんとに良く眠るわねえ、ああ、のどが渇いた、ビールある？　と言うので、カンビールを出すと、コップもね、と言い、ビールを飲んでから、ずっと忘れてたんだけど、昨日、アレクサンドルを見て思い出した、と話しはじめるのだった。

ツネコさんのこと知ってた？

話は、昨夜、アレクサンドルが電話で冬彦に喋ったのとほぼ同じ内容で、ただ彼女の話は、カイロからフィレンツェへ着いたという知りあいの女にサン・マルコ修道院の前かどこかで偶然あって耳にした話というところが違っていた。

ツネコさんがカイロの外れのなんとかという町に住んでいるということは、一部の人の間でよく知られていたことで――彼女も、実はフィレンツェで知りあいのフリー・エディターにきくまで知らなかったのだが――アラブ人の若い恋人がいることも、もちろん、知っていた人たちはいて、もっとも、「知っていた人たち」というのは極く親しく付きあっていた女の友人二、三人ということらしいのだが、色の浅黒い眼の大きなスラリとした美青年で、何を職業にしているのかは誰も知らなかったけれど、彼がエジプトに帰ることになって、ツネコさんもエジプトに移り住む決心をしたのだそうだ。当時はね、女たちの間でその灼熱の恋物語は、勇気ある選択というので、しっかり幸福になるのよ、ツネコ、というムードが盛りあがっていたのよね、と、フリー・エディターは、エジプトで買った銀のトルコ石入りの指輪をもてあそびながら言い、だって四十女の再出発でしょう、それも、十幾つも年下のアラブ馬みたいな青年とね、と溜息をつき、まあ、サギまがいのことをしてお金を集めたってことも、あたしたち、薄々気がついてはいたのよ、とも言ったそうだ。でもね、それくらいのことする権利、女にはあるのよ。そうよねえ、と女流作家は答え、それからどうしたの？　と質問する。四月に入って、あたしたち、ツネコをカイロに訪ねるツアーを計画したの、と彼女は言い、言葉を少しにごしてから、言っちゃってかまわないわよね、十四歳から十八歳くらいの可愛いアラブの少年を紹介するっていうのよ、と話したのだそうだ。お金はほんの少し渡してやればいい、という話だったのに、いざ現地に着いてみると、ほんの少し渡せばいいというのはチップのことで、ほんとに楽しみたければ、それなりの金額がもちろん必要で、あたしたちは少年たちにエイズや他の性病の検査を受けさせたりもしてるし、それにあの子たちだって遊びでやってるわけじゃない、生活がね、家族の生活がかかってるし、と脅されたうえに、相場以上の金額を、ぼられた、と言うのだそうだ。どのくらい、ぼられたの？　と女流作家が訊ねると、フリー・エディターは相場の十倍だ、とプンプン怒り、あたし、笑いころげちゃった、あの人しっかりしてるわよ、もっとぼってやればいいのにね、と女流作家はまた笑い出し、アレクサンドルも調子にのってカイロに行くと、働かされちゃうんじゃないかしら、と笑った。あの子は平気よね。

別に親切心からではないけれど、このことは冬彦には黙っていよう、と思った。アマンダ・アンダーソンはどうしたの？　と彼女が訊ね、昨日のことをこれこれなのだと説明すると、彼女は、うーん、と言って黙り込み、でも、それでよかったじゃないの、それでいいのよ、と言って帰って行った。

結局、ぼくはアマンダ・アンダーソンの写真について、何もしなかったということになる。誰か若い批評家が、彼女の写真をさっそく最新情報として雑誌に書いて、日本で写真集も出版されるかもしれない。もちろん、ぼくは彼女の写真を専有していたわけでもないし、発見したわけでもないのだし、たまたま偶然古本屋の棚でそれを見つけたというだけなのだし、「ズーム」で特集が組まれ、未発表作品が写真集になるからといって、傷つくことなど何一つないはずなのだ。

うつらうつらしているうち眠り込んでしまったらしく、激しい雨の音で眼を覚し、雨が吹き込む縁側のガラス戸を閉めて暗くなった外を見ながら煙草を吸っていると、ずぶ濡れの男が走ってきて、雨の吹きつけるガラスを両手でたたいて何かわめき、なんとなくそうなりそうな予感があったのだが、それはもちろんびしょ濡れの冬彦だった。縁側と六畳と四畳半と台所を水びたしにしながら、彼を風呂場に連れて行き、バスタオルと着替え用のTシャツとコットン・パンツを渡し、雑巾で水びたしの縁側と畳をふきながら、どうしたものかなあ、と思案していると、乾いた服に着替えた冬彦はタオルで髪をふきながら風呂場から出て来て、この部屋にいた間中、そこが自分の場所だといわんばかりに座ってよっかかっていた本棚のところに座り込み、ぼくはしかたなく、なんか温かい物でも飲む？　と声をかけ、冬彦は震えながら、熱いほうじ茶を下さい、と言うので、あんた、ちゃんと熱いシャワーを浴びたのかよ、と母親的心配までして、それでもツネコのことは、向うが言い出すまで決して触れまい、と思ってやかんをガスにかけると、今度は外でタマがはりさけそうな声で、イヤーッ、イヤーッ、イヤーッ、とかん高く鳴き、あわてて戸を開けると、濡れネズミで泥だらけになった猫は凄い勢いで飛び込んできて、体中をブルブルッと震わせて毛に溜った水気を切ってあたりを汚し、タオルで包んでふいてやると気持良さそうに甘えて咽喉を鳴らすのだった。

タマにはミルクを、冬彦にはほうじ茶をあてがって、急に湿っ気の強くなった閉めきった部屋にいると、クーラーをかけていても、じっとり汗ばむようで、焼き魚の焦げた脂の匂いと、濡れたタマの獣くさい匂いと、そんなものつけなければいいのに首筋にピタピタとはたいてきたらしいオー・デ・コロンと、新幹線のなかで飲んでいたらしいバーボンの匂いが混りあい、そのうえに縁側にハンガーにかけて吊した冬彦の濡れて皺だらけになったブルーのスーツから、なんとも不快な汚れと汗とコロンの混じった濡れた布の匂いがたちのぼり、電話が鳴ったので出ると、おれ、おれ、今さあ、目白駅についたんだけどねえ、この雨だろう、夏之さん、ついでに出て来て飯喰っちゃおうよ、とアレクサンドルが雨音と車の騒音にさからって大声で怒鳴るので、ああ、すぐに行くよ、と答えた。

部屋を出はしたのだが、アレクサンドルの顔を見るのも腹が立つし、部屋に戻るのもいやだし、しかたがないので、女流作家のマンションへ行ってみると、彼女は留守で、また雨のなかに出て目白通りの喫茶店に入り、どこへ行こうか、と考えた。

明日の朝には、昨日撮ったフィルムを現像しなければならないし、四つ切りを十枚プリントしなければならないのに。

「タマや」について　——あとがきにかえて——

私は猫の毛皮の柄では、なんと言っても白黒のブチ柄が一番好きで、それは赤ん坊の頃（私が）から家にいたピヨというオス猫が、そういう柄だったからです。タマは、柄と尾の長さ・それに眼の色もピヨと同じきれいな緑色ですが、ピヨのほうがずっと頭の良い上品で機敏な美しい猫でした。頭の良さを証明する例をあげたらきりがないのですが、それはもちろん、この小説とは関係ありません。

この連作のタイトルは、「タマや」がそもそも誰でも気がつくとおり、内田百閒の「ノラや」からの借用であるように、それぞれ、小説や詩集のタイトルを借用しています。

「賜物」はナボコフ、「漂泊の魂」はメアリ・マッカーシー（つまらない小説ではありませんが、「グループ」のほうが数段面白い）、「たまゆら」は川端康成（他にもこの題名の現代詩があります）、「薬玉」は吉岡実の詩集、そしていささか説明過剰ですが、それぞれのタイトルにはお気づきのように「タマ」という言葉が入っています。

「アマンダ・アンダーソンの写真」は例外で、彼女が、タマラというスラヴ風の名前か、スペイン系にタマヨという名前だったら、わざとらしすぎるとはいえ、全てのタイトルに「タマ」という言葉が入ったのですが、アマンダ・アンダーソンはアマンダ・アンダーソンで、それは変えようがありません。

版権その他の問題がなかったら、彼女の写真をカヴァーに使いたかったのですが、幸い、山田宏一氏が撮影したアンナ・カリーナの写真を拝借することが出来、偶然にも小説の登場人物がプリントしたのとそっくりな写真で本書のカヴァーを飾ることが出来ました。幸運な偶然の一致でした。

さて、この小説のテーマは、一ことで言うなら、猫も人間も、生れて来る子供の父親の正体を探そうとしても無意味だ、ということになるでしょう、ということは、自分の正体についても、また同じことです。

A・アンダーソンという写真家の父親は名のしれた素人写真家でしたが、伝記によると、アマンダが十八歳の時に自殺していますが、伝記の書き手の思わせぶりな書き方から判断するかぎり、精神病だったようです。

また、新しい研究では、もっと別のドラマチックな推測もあるようですが、むろん確かなことはわかりません。精神分析による写真の解釈で近親相姦という結論を出すのはどんなものでしょうか。彼女は父親とかなり仲が良かった——写真術を父から学んだのでした——らしいのですが、だからと言って、小説のテーマが変わるわけではありません。

いわば、崩壊した家庭というか変則的家庭で育った孤独な、登場人物たちが、よるべのない魂をひそかにいたわりあう様、あるいは、伝統的な物語世界——それは父親を探し、そしてそれを殺すこと、なのですが——にさえ属せない浮草のような登場人物たちのそれぞれの生き方は、一見、浮薄で虚しいようですが、浮薄であればある程、それは苦いものであることを、作者として、ひとこと付け加えておきたい気持です。

最後に、作品のタイトルを無断借用させていただいた作者（訳者も含めて）の方々にお礼とおわびを述べさせていただきたいと思います。

この小説が、タマの仔猫のように、かわれて行ったさきで可愛がられますように。

一九八七年九月十九日

金井美恵子

解　説

武藤康史

たとえば里見弴、あるいはイーヴリン・ウォー、はたまた谷崎潤一郎と同じように小説世界の大道をゆく金井美恵子の小説は話の筋にしても人の名前にしても手取り足取り読者にかまってくれるわけではない。読み進むうちそこをじわじわ呑み込んでゆくところが面白いのだから解説などしては興を殺ぐというものだ。けれどもこの場に出たからにはいっそ童蒙の手引き草、再読三読の友にと割り切ってむしろたっぷり老婆心を発揮してしまうことにしよう。源氏物語に注をつけた連歌師の心で章ごとに詳しく参りたい。

「タマや」

オートバイに乗ってアレクサンドルが猫を連れてやって来た。アダルト・ヴィデオ男優の彼は芸名がアレクサンドル・豪、本名はカネミツ（兼光）宇礼雄である（「兼光」という漢字は「たまゆら」における藤堂冬彦の推定）。

アレクサンドルの父親は白人だった。父親の素性について「タマや」では複数の推定が示されているが、「漂泊の魂」ではG・Iとの混血らしいと書かれている。宇礼雄という名は祖母につけられた。《おばあちゃん》は孫が青い眼をしていることに驚きながら《羽左衛門か江川宇礼雄みたいにいい男になるかもしれないねってんで、付けたんだそうだけどね》とアレクサンドルは述懐する。江川宇礼雄の父親はドイツ人だった。また《おばあちゃん》が羽左衛門《うざえもん》と言えば十五世市村羽左衛門のことだろうが、この人の父親はフランス人だったらしい。里見弴『羽左衛門伝説』（毎日新聞社、一九五五年刊）はそれが伝説でなく事実であるという判断に傾いている。

この《おばあちゃん》はマクラ芸者であった。これは《芸よりも売春することを主とする芸者》と『日本国語大辞典』にあり、用例として永井荷風『腕くらべ』の一節が挙がっている。「漂泊の魂」にはアサリばばあ、「薬玉」にはお皿娘、ワンレンおかめなどの語が見え、新旧さまざまの女性罵倒語が豊富に使われている。『小春日和』にはコンサバばばあという語もあった。

恒子とアレクサンドルは異父姉弟であり、次のような系図となろう。

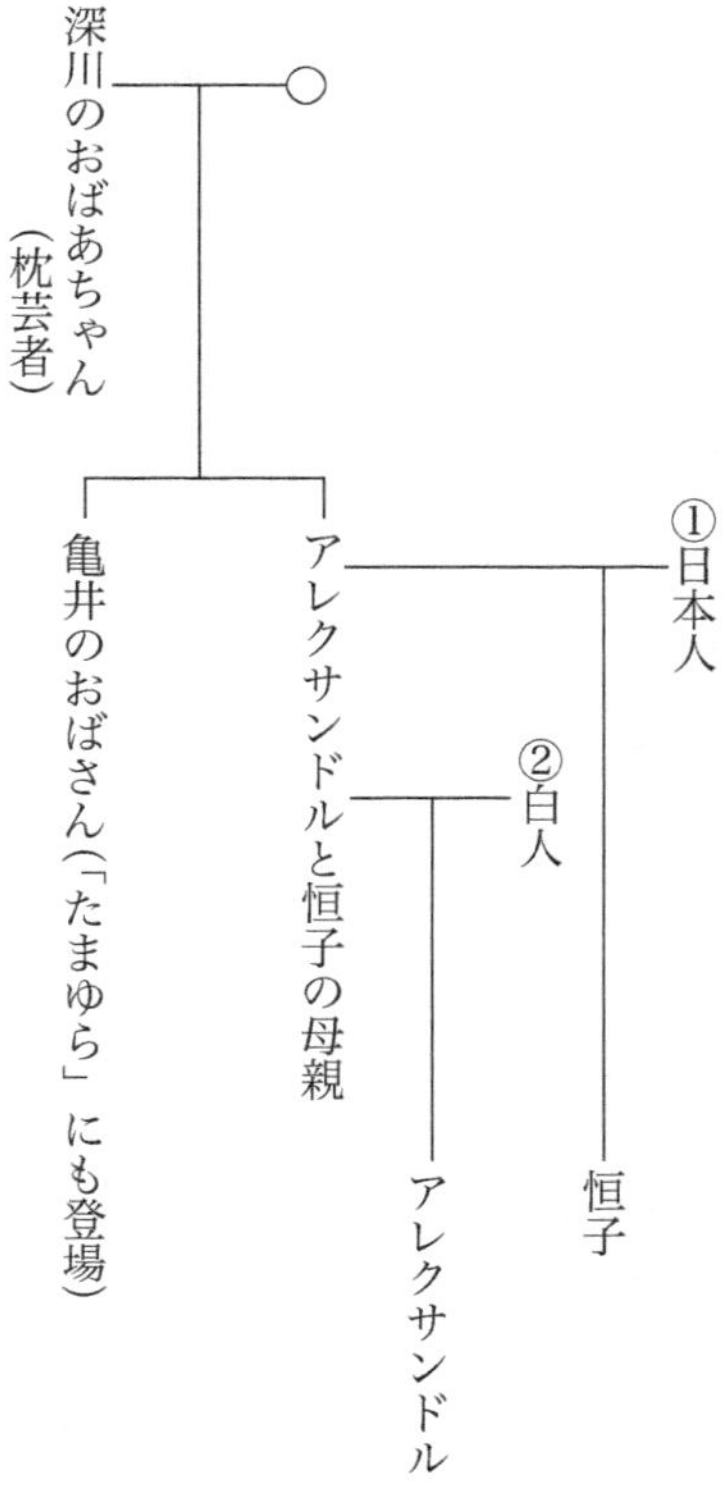

この恒子と「ぼく」は寝た。恒子は妊娠し、その父親としては「ぼく」のほか三人が擬せられる。しかし妊娠はどうやら嘘で、恒子は詐欺を働いているということが「アマンダ・アンダーソンの写真」以降はっきりする。

カメラマンの「ぼく」小林夏之の家族関係も複雑である。

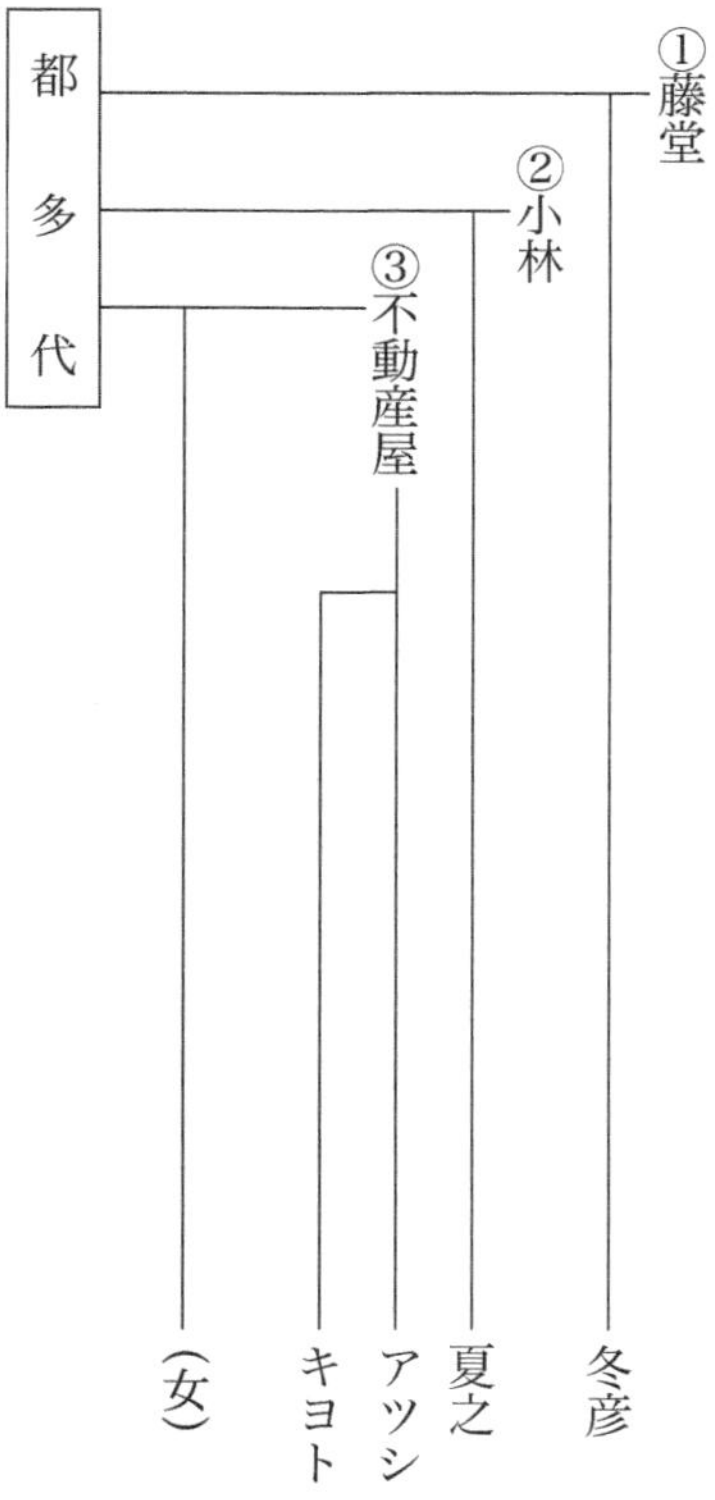

「賜物」

「あとがき」にもあるとおりこの章題はナボコフ『賜物』から借用したもの。『賜物』（大津栄一郎訳、白水社、一九六七年刊）はもとロシア語で書かれ、一九六三年に英訳が出ている（英訳題は *The Gift*）。

アレクサンドルは朝日新聞の論壇時評を引き合いに出している。さらに「たまゆら」では朝日新聞の論壇時評をやっていた東大の社会学の教授、と詳しく言及されるが、「賜物」が書かれたころ実際にそういう人が朝日新聞の論壇時評を担当していた(一九八五年・八六年)。アレクサンドルが読んだのはきっと一九八五年七月二十九日夕刊の紙面であろう。題は「都会の猫の生きる道」。

ニューヨークでネコを飼うときは、去勢するのが普通だという。そのことを「ネコのためだ」という人がいて、背筋が寒くなったことがある。ネコの去勢をアメリカ人はフィックス(fix)というが、これは日本語の「しつける」という語感を思わせる。

人間の身体というものを知りつくしていた野口晴哉の観察によれば、わたしたちが普通、子どもや赤ん坊のためにするのだと思い込んでいる育児法とか「しつけ」の仕方の多くの部分は、大人の都合にすぎないという。人間の都合でネコを去勢する都会の市民たちとおなじに、わたしたちはそれを自分で「愛情」と錯覚している。

猫にふれている部分はここまでなので、アレクサンドルはかなり敷衍《ふえん》してしゃべっていることがわかる。猫への盲愛が窺《うかが》われよう。なおこの論壇時評をまとめた見田宗介『白いお城と花咲く野原』（朝日新聞社、一九八七年刊）においても右の箇所は同文である。

小林夏之が大昔に読んだ石井桃子『山のトムさん』（光文社、一九五七年刊、のち福音館書店）は、じつは藤堂冬彦も子供のころ読んでいた（「漂泊の魂」）。

「アマンダ・アンダーソンの写真」

藤堂冬彦は小林夏之の家に当分やっかいになると決めてぼんやり花をながめ暮す。そのときつぶやく《忘却とは忘れ去ることなり》は菊田一夫のラジオドラマ『君の名は』（一九五二〜一九五四年放送）の名文句。

冬彦は『ブレードランナー』が面白いなどと発言して夏之をカッとさせる。小林夏之は『道化師の恋』にも登場するが、そこでは『ブレードランナー』を《映画を見たことのない奴が好きな映画でしょう》といなしている。

夏之は映画評論家が二十年前に撮影したアンナ・カリーナのフィルムを引き伸す。「あとがき」に書かれているように夏之がプリントした写真はかつて山田宏一が実際に（アンナ・カリーナの部屋に押しかけて）撮影した写真とそっくりだった。そのときのいきさつは山田宏一『友よ映画よ〈わがヌーヴェル・ヴァーグ誌〉』（話の特集、一九七八年刊、新版一九八五年刊）に詳しい。

「漂泊の魂」

この題を借用したメアリー・マッカーシー『漂泊の魂』（深町眞理子訳、角川文庫、一九七一年刊）は原題 *A Charmed Life*、一九五五年刊。原題は『マクベス』五幕八場のマクベスのせりふ《おれの命はまじないつきだ》（福田恆存訳）に由来し、《一言で言えば不死身ということで、邦題名の『漂泊の魂』はこれを象徴的に解釈したものです》と訳者は言う。ヘルマン・ヘッセにも『漂泊の魂』があったがあれの原題は『クヌルプ』だった。

冬彦が父親のことを語ったとき夏之が思い出す小説とは中村光夫『虚実』（新潮社、一九七〇年刊）の中の「影」。

冬彦は春樹という名を聞くなりまた『君の名は』を思い出す。『君の名は』のすれ違う二人は後宮《あとみや》春樹と氏家《うじいえ》真知子であった。

「たまゆら」

題を借りた川端康成『たまゆら』は一九五一年に発表された短篇で、『タマや』の「たまゆら」と同じく八重桜のころを舞台としていた（川端康成には未完の長篇『たまゆら』もある）。

この章では桃子、花子、桃子のおばさんの小説家、という『小春日和』の人たちが一斉に顔を出し、目白四部作の四部作らしい面白さを際立たせる。

『小春日和』は桃子が立教大学に入学してすぐの四月から翌年三月までの話で、桃子は当初おばさんのところに居候していたが、二月に同級生の花子と一緒に紅梅荘に引っ越す（夏之の隣の部屋）。

『タマや』は時間的に『小春日和』に接続している。「アマンダ・アンダーソンの写真」に四月と書いてあり、その時点ではまだ仔猫がいた。出産直後、《一ヵ月程して仔猫が離乳したら、仔猫を一匹ひきとる》といけ花の家元は言明しており（「賜物」）、実際にもらわれて行ったのは「たまゆら」においてであるから、「アマンダ・アンダーソンの写真」が四月なら「タマや」の冒頭は三月あたりとなろう。タマは到来の時点で《ここ一、二週間のうちには出産する》と規定されていたので、まあ二月くらいまでさかのぼれるかもしれない。ところが『小春日和』ではその前の十一月か十二月の時点で夏之がタマを飼っていることになっている。《その前にちょっと家に寄って猫にエサをやらないといけないんだよ》《家のタマはサフランの匂いなんか慣れていないからなあ》と夏之が桃子たちの前で発言するところがあり、そのあとに桃子は正月を迎えるのだ。猫を愛する作者は時間的整合性を若干無視しても早くタマを登場させたかったのであろう。

目白四部作の刊行は、

『文章教室』（福武書店、一九八五年）

『タマや』（講談社、一九八七年）

『小春日和』（中央公論社、一九八八年）

『道化師の恋』（中央公論社、一九九〇年）

という順序だが、雑誌連載（あるいは断続的な掲載）の時期は（雑誌の表示月で示すと）、

『文章教室』（一九八三年十二月――一九八四年十二月）

『小春日和』（一九八五年十月――一九八七年四月）

『タマや』（一九八六年十月――一九八七年九月）

『道化師の恋』(一九八六年八月——一九八九年七月)となり、『小春日和』のほうが早い。また三作が重なる時期もあったわけで、そのことも登場人物(猫を含む)のしなやかな越境をもたらしているのであろう。
アレクサンドルはまた朝日新聞の論壇時評を我田引水した動物愛護論をぶつ。それに対して夏之は富岡多恵子のエッセイを引き合いに反論しているが、夏之が読んだのは『暮しの手帖』一九八六年五・六月号に載った富岡多恵子「猫街道」に違いない。

「薬玉」

題を借りたのは吉岡実の詩集『薬玉』(書肆山田、一九八三年刊)。
金井美恵子の小説では会話にカギカッコが使われない。『文章教室』では前半まではときどき使われていたが、後半は消える。戯曲のように発言者名を上につけて会話が続けられることもあり、また発言者名なしで会話がただ改行されているだけ、という表記もあり、さらにまた会話でも改行せず、地の文に混ぜられている、というスタイルもあった。この点について福武文庫版『文章教室』巻末のインタヴューで蓮實重彦が《括弧も何もなしに、地の文の中に台詞が出てきたりもする。これは健康な読者に混乱を起こさせようとする挑発的な意図でしょうか》と訊いたのに対し金井美恵子は《日本の小説の伝統的なやり方を採用したまでなんです。昔の日本の小説というのは、鍵括弧というのは当然なく、会話がずらずら出てくるわけです》と答えていた。たしかに樋口一葉の小説がそうで、『全集　樋口一葉』（小学館）が会話にカギカッコをつけていちいち改行したのは編者前田愛の冒険だった。それによって恐ろしく読み易くなった反面、間接話法めいた雰囲気をぶち壊しにしてしまったとも言える。

金井美恵子は『文章教室』のあとは会話にまったくカギカッコを使わなくなり、発言者名を行頭に示すスタイルも採らない。地の文に混ぜてだらだら続けるか、会話ごとに改行するだけ。改行するときでも「誰それが言った」というような文はほとんどない。それでいながらどこからどこまでが誰の会話であるか決して迷わない玄妙な境地に達している。「薬玉」ではその書き方をさらに押し進め、電話でやりとりしているそばで別の人たちが別のことを話しているという困難な場面が描破されている。作者の自由間接話法が最高潮に達した場面である。

＊

内田百閒の『ノラや』（中公文庫）は飼い猫の失踪をめぐる物語だが、『タマや』のタマは失踪するわけではない。

ところが『タマや』の終了後、タマはちゃんと失踪するのだ。目白四部作の世界は動き続けているのだ。

『道化師の恋』の「天使の誘惑」の章に《カメラマン》と《混血青年》が現れる。これだけで『タマや』読者は膝を叩くであろう。二人はビラを貼って歩いている。それが迷い猫のおたずね広告で、文面はこうだ。《迷い猫、タマ、タマの特徴、名前はタマ、性別メス、二年半、体重、はかったことはないけど、四キロか五キロか六キロ、とっても重い、柄、白と黒のブチ（顔は丸くて柄は絵のとおり）、目、昼間はミドリ（透明感あり、よく光る）、夜は金色（とてもよく光る）、》……こうして『ノラや』に題を借りたオトシマエをちゃんとつけているわけである。

さて作者は『タマや』を書いていたとき実際に猫を飼っていたわけではない。子供の時以来、三十年近く猫を飼ったことはなく、猫の動作や鳴き声を思い出しながら『タマや』を書いた、と作者は『本を書く人読まぬ人　とかくこの世はままならぬ』（日本文芸社、一九八九年刊）で述べている。

しかし『タマや』の刊行後、あたかも実生活が芸術を模倣するかのごとく、作者は本当に猫を飼い始めた。そのことは『遊興一匹——かつぶし太平記——』（『波』一九九〇年十一月号より連載）に書かれている。〔のち『遊興一匹　迷い猫あずかってます』として刊行（新潮社、一九九三年）——新装版にあたり追記〕
その猫はどこかから迷いこんで来た猫らしい。ということは『道化師の恋』で迷い猫になったタマがやって来たのではないだろうか。すなわち、『ノラや』で失踪した猫は『タマや』で拾われてしばらく幸せな生活を送り、『道化師の恋』でまた失踪したが『遊興一匹』でまた拾われて幸せに過している、ということなのだ。

本書は一九八七年十一月に小社より刊行され、一九九一年一月に文庫版として刊行された作品の新装版です。本文は一九九九年六月に刊行された河出文庫版に順じて修正しました。

|著者| 金井美恵子　高崎市生まれ。1967年、19歳の時に「愛の生活」が太宰治賞候補作となり、作家デビュー。翌年、現代詩手帖賞受賞。小説、エッセイ、評論など刺激的で旺盛な執筆活動を続ける。'79年『プラトン的恋愛』で泉鏡花文学賞、'88年『タマや』(本書)で女流文学賞を受賞。その他の著書に『兎』、『岸辺のない海』、『文章教室』、『恋愛太平記』、『柔らかい土をふんで、』、『噂の娘』、『ピース・オブ・ケーキとトゥワイス・トールド・テールズ』、『お勝手太平記』、『カストロの尻』、『『スタア誕生』』など多数。エッセイ集に『夜になっても遊びつづけろ』、「目白雑録」シリーズ、「金井美恵子エッセイ・コレクション」シリーズ(全4巻)ほか。近年、アメリカ、イギリスをはじめ、ヨーロッパ各地での翻訳により世界的に注目が高まっている。

タマや　新装版《しんそうばん》

金井美恵子《かないみえこ》

2025年2月14日第1刷発行

2025年3月25日第2刷発行

発行者——篠木和久

発行所——株式会社　講談社

東京都文京区音羽2-12-21　〒112-8001

電話　出版 (03) 5395-3510

　　　販売 (03) 5395-5817

　　　業務 (03) 5395-3615

Printed in Japan

講談社文庫

定価はカバーに
表示してあります

KODANSHA

デザイン—菊地信義

本文データ制作—講談社デジタル製作

印刷———株式会社KPSプロダクツ

製本———株式会社KPSプロダクツ

ISBN978-4-06-538514-2

講談社文庫刊行の辞

二十一世紀の到来を目睫に望みながら、われわれはいま、人類史上かつて例を見ない巨大な転換期をむかえようとしている。

世界も、日本も、激動の予兆に対する期待とおののきを内に蔵して、未知の時代に歩み入ろうとしている。このときにあたり、創業の人野間清治の「ナショナル・エデュケイター」への志を現代に甦らせようと意図して、われわれはここに古今の文芸作品はいうまでもなく、ひろく人文・社会・自然の諸科学から東西の名著を網羅する、新しい綜合文庫の発刊を決意した。

激動の転換期はまた断絶の時代である。われわれは戦後二十五年間の出版文化のありかたへの深い反省をこめて、この断絶の時代にあえて人間的な持続を求めようとする。いたずらに浮薄な商業主義のあだ花を追い求めることなく、長期にわたって良書に生命をあたえようとつとめるところにしか、今後の出版文化の真の繁栄はあり得ないと信じるからである。

同時にわれわれはこの綜合文庫の刊行を通じて、人文・社会・自然の諸科学が、結局人間の学にほかならないことを立証しようと願っている。かつて知識とは、「汝自身を知る」ことにつきていた。現代社会の瑣末な情報の氾濫のなかから、力強い知識の源泉を掘り起し、技術文明のただなかに、生きた人間の姿を復活させること。それこそわれわれの切なる希求である。

われわれは権威に盲従せず、俗流に媚びることなく、渾然一体となって日本の「草の根」をかたちづくる若く新しい世代の人々に、心をこめてこの新しい綜合文庫をおくり届けたい。それは知識の泉であるとともに感受性のふるさとであり、もっとも有機的に組織され、社会に開かれた万人のための大学をめざしている。大方の支援と協力を衷心より切望してやまない。

一九七一年七月

野間省一